अध्यात्म मंजरी (खण्ड-1) /
Adhyatma Manjari (Volume-1)
जीवन में अध्यात्म की भूमिका

एस. वी. सिंह "प्रहरी"

Made with ♥ on the Notion Press Platform
www.notionpress.com

परिकल्पना एवं उद्देश्य

समाज में **आध्यात्म** को लेकर तमाम भ्रान्तियाँ हैं। सामान्यतः आम-जन द्वारा आध्यात्म को रंग, धार्मिक संस्कृति, पूजा-भजन, जाति-धर्म एवं ज्ञानीजन संतों के प्रवचनों से जोड़कर देखा जाता है जबकि वास्तव में **"आध्यात्म"** दो शब्दों **''आत्म एवं अध्ययन''** के सम्मिलन से सृजित होता है जिसका अर्थ है स्वयं का अध्ययन एवं विश्लेषण करना।

परम्पिता परमेश्वर (आदि शिव) द्वारा रचित प्रकृति (आदिशक्ति) की कृपा और उसमें समाहित तत्वों से ही संसार के समस्त जीवों की उत्पत्ति हुई है एवं प्रकृति अर्थात प्राकृतिक उर्जा से ही सभी का संचालन हो रहा है। मनुष्य योनि में जन्म प्राप्त करने वाले प्रत्येक जीव को अपने शरीर के सृजन, उसके संचालन के आधार तथा अपने जन्म के उद्देश्यों को समझकर उसके अनुरूप अपने कर्मो को मूर्तरूप देना चाहिए। इस समस्त प्रक्रिया के अध्ययन एवं विश्लेषण से मनुष्य को मृत्युलोक में स्वयं के जीवन जीने का उद्देश्य एवं लक्ष्य प्राप्ति का बोध होता है साथ ही उसे अपनी प्रकृति की महत्ता को समझकर अपने कार्यो का अन्जाम देने में काफी सहायता मिलती है।

माँ आदिशक्ति के आशीर्वाद, अपने इष्ट देव प्रथम पूज्य श्री गणेश जी और अपने आराध्य पूज्य हनुमान जी महाराज की कृपा से उत्पन्न हुई इच्छा तथा ज्ञान से "अध्यात्म प्रहरी" द्वारा इन पुस्तक के माध्यम से अध्यात्म के प्रश्नों का तथ्यात्मक व्यावहारिक प्रतिउत्तर लेख के रूप में सामाजिक जागरूकता हेतु प्रस्तुत करने का एक छोटा सा प्रयास मात्र है। इस पुस्तक में प्रस्तुत विचारों को पढ़कर पाठक उन्हें आत्मसात करते हुए इस ज्ञान रूपी गंगा से अपने आपको जागृत कर सद्मार्ग पाने में अवश्य समर्थ होंगे, यह आशा के साथ विश्वास है।

समर्पण

- पूज्य माता-पिता की प्रेरणा तथा उनके व्यक्तिगत आध्यात्मिक जीवन और विचारों से अभिप्रेरित।
- अपने ईष्टदेव प्रथम पूज्य विघ्नहर्ता श्रीगणेश जी महाराज द्वारा प्रदत्त बुद्धि एवं विवेक।
- अपने आराध्य संकटमोचक महाबली श्रीहनुमान जी द्वारा प्रदत्त ज्ञान, ऊर्जा, उत्साह और संम्बल।
- हमारे कर्मक्षेत्र के अभिभावक स्मृतिशेष पूज्यनीय सहाराश्री महोदय द्वारा समय-समय पर प्रदत्त जीवन एवं कर्म के ज्ञान।
- हमारे कर्मक्षेत्र के नेतृत्वकर्ता माननीय श्री ओ.पी श्रीवास्तव जी के द्वारा समय-समय पर प्रदत्त पथ।
- सहारा इण्डिया मीडिया तथा साथ में कार्यरत सहयोगीगण जिन्होनें लेखन, प्रकाशन में हौसला अफजाई एवं सहयोग किया।
- हमारी सहभागिनी एवं परिवार जिन्होनें हर क्षण सहयोग एवं माहौल दिया।

यह पुस्तक आप सभी को साभार समर्पित

अनुक्रमणिका

अनुक्रमणिका

जन्म, जीवन–यात्रा एवं पुनर्जन्म

यह शाश्वत सत्य है कि संसार में जो जन्म लेता है उसको एक न एक दिन मृत्यु की गोद में समाहित होना ही पड़ता है और तत्पश्चात् उसके कर्म एवं प्रारब्ध के आधार पर संसार में उसके पुनर्जन्म लेने की प्रक्रिया प्रारम्भ होती है। किसी जीव का जन्म, उसकी जीवन–यात्रा, मृत्यु एवं तत्पश्चात् उसके पुनर्जन्म के विषय में सम्पूर्ण ज्ञान प्राप्त कर जो भी मनुष्य उसे अपने कर्मों में समाहित कर लेते हैं, वे ही महान संतों की भाँति पुनर्जन्म की प्रक्रिया से मुक्त होकर ईश्वरीय अंश में समाहित हो जाते हैं अर्थात् मोक्ष की प्राप्ति करते हैं।

जन्म एवं जीवन–यात्रा

किसी भी प्राणी का जन्म प्रकृति के अपने गुणों के आधार पर होता है तथा उसी त्रिगुणी (सतोगुण, रजोगुण एवं तमोगुण) प्रकृति से जीवन का संचालन भी होता है। इस बात को **श्रीमद् भगवद् गीता के 14वें अध्याय** में **परम ज्ञानी भगवान श्री कृष्ण जी** ने स्पष्ट किया है कि मेरी यह आठ तत्वों वाली जड़ प्रकृति (जल, अग्नि, वायु, पृथ्वी एवं आकाश, मन, बुद्धि एवं अहंकार) ही समस्त वस्तुओं को उत्पन्न करने वाली योनि (माता) है तथा मैं ही इसमें ब्रह्म (आत्मा) रूप में चेतन रूपी बीज को

स्थापित करता हूँ, इस जड़ एवं चेतन के संयोग से ही संसार के समस्त चर–अचर प्राणियों का जन्म सम्भव होता है। समस्त योनियों से जो शरीर धारण करने वाले प्राणी उत्पन्न होते हैं उन सभी को धारण करने वाली जड़ प्रकृति ही माता है और मैं ही ब्रह्म (आत्मा) रूपी बीज को स्थापित करने वाला पिता हूँ।

श्रीमद् भगवद्गीता के अध्याय 14 में ही **भगवान श्री कृष्ण** जी ने बताया कि भौतिक प्रकृति से ही सतो गुण, रजो गुण एवं तमों गुण की उत्पत्ति होती है। प्रकृति से उत्पन्न इन तीन गुणों के कारण ही अविनाशी जीवात्मा नश्वर शरीर में बँध जाती है।

तीनो गुणों में सतोगुण अर्थात् अच्छाई का गुण अन्य गुणों की अपेक्षा अधिक शुद्ध होने के कारण पाप कर्मों से जीव को मुक्त करके आत्मा को प्रकाशित करने वाला होता है जिससे जीव सुख और ज्ञान के बन्धन में बँध जाता है।

रजोगुण की प्रकृति मोह है, इसकी उत्पत्ति कामनाओं एवं लोभ के कारण होती है जिसके कारण शरीरधारी जीव फल की आसक्ति में बँध जाता है।

तमोगुण के विषय में कहा है कि तमोगुण की उत्पत्ति अज्ञानता में शरीर के प्रति मोह के कारण होती है जिसके कारण जीव प्रमाद (पागलपन में व्यर्थ के कार्य करने की प्रवृत्ति), आलस्य (आज के कार्य को कल पर टालने की प्रवृत्ति) एवं निद्रा (अचेत अवस्था में न करने योग्य कार्य करने की प्रवृत्ति) द्वारा बँध जाता है।

कुल मिलाकर इन त्रिगुणों को सरल भाषा में ऐसे समझा जा सकता है कि सतोगुण मनुष्य को सुख में और रजोगुण सकाम कर्म में बाँधता है जबकि तमोगुण मनुष्य के ज्ञान को ढक कर प्रमाद में बाँधता है। ये तीनो गुण प्रत्येक मनुष्य में होते हैं। इन तीनो गुणों में से किसी भी दो गुणों के घटने से मनुष्य में

स्वाभाविक रूप से तीसरे गुण की वृद्धि हो जाती है। जब मनुष्य में रजोगुण की विशेष वृद्धि हो जाती है तो उसके मन में लोभ उत्पन्न हो जाने के कारण फल की इच्छा से कार्यों को करने की प्रवृत्ति उत्पन्न होने लगती है और उसके मन में चंचलता उत्पन्न होने के कारण विषय भोगों को भोगने की इच्छा अनियंत्रित होने लगती है। जब मनुष्य में तमोगुण की विशेष वृद्धि हो जाती है तो अज्ञान रूपी अंधकार के कारण कर्तव्य कर्मों को न करने की प्रवृत्ति बढ़ने लगती है, साथ ही उसके मन में न करने योग्य कार्यों को करने की प्रवृत्ति ठीक उसी प्रकार बढ़ने लगती है जैसे पागलपन की अवस्था में अथवा अत्यधिक मोह के कारण किसी व्यक्ति के मन में न करने योग्य कार्यों को करने की प्रबल इच्छा जागृत होती है। ईश्वरीय व्यवस्था में इन तीन गुणों का ही योगदान है, यहाँ तक कि त्रिदेव में पूज्य ब्रह्मा जी सत्व, भगवान विष्णु जी रजस तथा भगवान शिव तमस गुण की प्रधानता के देवता हैं, इसी प्रकार से रात्रि 12 बजे से प्रातः 8 बजे तक का समय शांतिपूर्ण योग, ध्यान एवं साधना के लिए तय है। प्रातः 8 बजे से सायं 4 बजे तक कर्म की प्रधानता वातावरण में प्रभावी रहती है तथा सायं 4 बजे से रात्रि 12 बजे तक निद्रा, आलस्य एवं भोग–विलास की प्रधानता रहती है, यह एक स्वतः प्रक्रिया है। समाज में भी इन्हीं तीन प्रकार के लोग विद्यमान हैं, जब तक मनुष्य इनमें सन्तुलन बनाये रखता है, तब तक उसका जीवन सार्थक एवं लाभप्रद रहता है परन्तु इनमें असन्तुलन अर्थात् किसी एक गुण की अत्यन्त वृद्धि होने की दशा में वह स्थिति उस व्यक्ति एवं समाज के लिए हानिकारक एवं घातक हो जाती है।

सतोगुण के सन्तुलन से समाज में धैर्य, साहस, सन्तुष्टि एवं दया भाव की उत्पत्ति होती है जिससे सामाजिक वातावरण सन्तुलित होता है परन्तु जब समाज में इसकी प्रधानता हो जाती है तो

प्रगति में बाधा पहुँचती है क्योंकि सन्तुष्टि का भाव प्रकृति के विकास की ओर कर्म करने में बाधा उत्पन्न करता है।

रजोगुण चूँकि कर्म एवं इच्छा की प्रधानता वाला गुण है इसलिये यह संसार के सृजन एवं प्रगति में सहायक होता है तथा इसकी प्रधानता होने से समाज प्रत्येक कर्म के पीछे पहले अपना स्वार्थ खोजने लगता है जिससे सामाजिक वातावरण में स्वार्थ की प्रधानता हो जाती है।

तमोगुण एक प्रकार की ऐसी ऊर्जा है जो समाज की आन्तरिक एवं बाहरी सीमाओं की रक्षा हेतु अत्यन्त आवश्यक होता है। देश में पुलिस व्यवस्था एवं सीमा पर खड़े सैनिक इसकी मिसाल हैं परन्तु इसकी वृद्धि होने पर समाज में क्रोध, आलस्य एवं नकारात्मक भाव स्वरूप बैर–द्वेष की उत्पत्ति होती है जो कि समाज एवं प्रकृति के विनाश को तय करता है।

इस प्रकार जब शरीर के सभी द्वार इस ज्ञान से आलोकित हो जाते हैं तब इसे सत्वगुण की अभिव्यक्ति माना जाता है, जब रजोगुण प्रबल होता है तो लोभ, सांसारिक सुखों के लिए परिश्रम, बेचैनी, उत्कंठा के लक्षण विकसित होते हैं, जड़ता, असावधानी तथा भ्रम ये तीनो ही तमोगुण के प्रमुख लक्षण होते हैं।

पुनर्जन्म

जब कोई मनुष्य सतोगुण की वृद्धि होने पर मृत्यु को प्राप्त होता है तो उत्तम कर्म करने वाले को स्वर्गलोक की प्राप्ति होती है। जब कोई मनुष्य रजोगुण की वृद्धि होने पर मृत्यु को प्राप्त होता है तो वह सकाम कर्म करने वाले मनुष्य योनि में जन्म लेता है और इसी प्रकार तमोगुण की वृद्धि होने पर जब मनुष्य मृत्यु को प्राप्त होता है तो वह कीट–पतंगों एवं पशु–पक्षियों आदि निम्न योनियों में जन्म लेता है। सतोगुण में स्थित जीव जहाँ स्वर्ग के उच्च लोकों को जाते

हैं, वहीं रजोगुण में स्थित जीव पृथ्वी लोक में ही रह जाते है जबकि तमोगुण में स्थित जीव कीट–पतंगों एवं पशु–पक्षियों जैसी निम्न योनियों में नरक को जाते हैं। जो मनुष्य ईश्वरीय ज्ञान रूपी प्रकाश (सतोगुण) तथा कर्म करने की आसक्ति (रजोगुण) तथा मोह रूपी अज्ञान (तमोगुण) के बढ़ने पर कभी भी उनसे घृणा नहीं करता है तथा समान भाव में स्थित होकर न तो उनमें प्रवृत ही होता है और न ही उनसे निवृत होने की इच्छा ही करता है, जो सुख और दुख में समान भाव से स्थित रहता है, जो अपने आत्म भाव में स्थित रहता है, जो मिट्टी और स्वर्ण को एक समान समझता है, जो प्रिय एवं अप्रिय का वर्गीकरण नहीं करता है और जो निन्दा और स्तुति में अपना धीरज नहीं खोता है, जो मान एवं अपमान को एक समान समझता है, जो मित्र एवं शत्रुओं के प्रति एक भाव रखता है, जो कर्ता होते हुए भी स्वयं को कर्ता भाव में नहीं मानता और जो हर परिस्थिति में बिना विचलित हुए अनन्य भाव से मेरी भक्ति में स्थित रहता है, ऐसी कर्म भक्ति करने वाला मनुष्य प्रकृति के तीनो गुणों को अतिशीघ्र पार करके ब्रह्म पद पर स्थित हो जाता है अर्थात् जो मनुष्य आध्यात्मिक ज्ञान में इन गुणों का विश्लेषण कर अपने कर्मों में तीनों गुणों के असंतुलित प्रभाव से परे रहकर अपने जीवन उद्देश्य के तहत कर्मों को अंजाम देता है वही मनुष्य पुनर्जन्म से मुक्ति पाकर उस परम शक्ति में विलीन हो जाता है अर्थात् मोक्ष की प्राप्ति करता है।

जय आदिशक्ति – जय परम्पिता परमेश्वर

शिव एवं माँ आदिशक्ति का अंश ही मनुष्य का शरीर

देवों के देव महादेव और माँ आदिशक्ति की शक्तियों के बारे में सभी भिज्ञ हैं, लेकिन मनुष्य के शरीर का सृजन तथा उसमें चेतना का प्रवाह परमपिता सदाशिव एवं माता आदिशक्ति के अंश से ही होता है।

परमपिता शिव ब्रह्म रूप में पुरूष तत्व हैं जो कि स्थिर एवं अपरिवर्तनीय हैं, शिव आदि, अनन्त, अनादि एवं अखण्ड हैं, इस सृष्टि के समस्त तत्व उन्हीं में ही निहित हैं। आदि शिव के संसार सृजन की इच्छा से उन्होंने अपने सम्पूर्ण स्वरूप से नारी अंश अर्थात माता आदिशक्ति के अंश को अलग किया जिससे माँ आदिशक्ति के माया स्वरूप में **प्रकृति** का सृजन हुआ। यह माया शाश्वत ऊर्जा भगवान शिव की ही प्रकृति तत्व की ऊर्जा शक्ति है, भगवान शिव इसी शक्ति से मनुष्य जीवन की उत्पत्ति, संचालन एवं संहार का कार्य करते हैं।

मनुष्य का शरीर : परमपिता शिव की इच्छा से ही उनके पुरूष तत्व के ऊर्जा अंश "चेतन" के लिये प्रकृति तत्व मनुष्य के शरीर

का निर्माण अपनी पंचभूतों अर्थात् पृथ्वी, जल, अग्नि, आकाश एवं वायु की शक्तियों के संतुलित मिश्रण से करती है और उस शरीर में भगवान शिव चेतना अंश, भगवान विष्णु हृदय स्थली में, भगवान ब्रह्मा नाभि अंश में तथा माता आदि शक्ति जो ऊर्जा का स्वरूप हैं वह शरीर के सात चक्रों एवं दो सूर्य एवं चन्द्र नाड़ियों में ऊर्जा अंश के रूप में स्थापित होकर शरीर का संचालन का दायित्व निभातें हैं, 33 कोटी के देवता माता आदिशक्ति के ऊर्जा से शरीर को क्रियात्मक बनाते हैं। चूँकि मानव शरीर की संरचना महत्वपूर्ण पंचभूत सहित विभिन्न शक्तिशाली देवी-देवताओं के संयुक्त अंशों से हुई है, इसलिये शरीर भी ब्रह्माण्ड का ही प्रतीक है तथा इस शरीर रूपी ब्रह्माण्ड के संचालन हेतु शरीर में देवताओं का वास सदैव प्रत्यक्ष रहता है।

मनुष्य शरीर में लगभग 60 प्रतिशत जल होता है इसलिये मानव शरीर के अन्दर का भाग क्षीरसागर के रूप में विद्यमान है, जिसमें कमल रूपी हृदयगुफा में भगवान विष्णु जी का वास है, मनुष्य की नाभि अर्थात् नीचे का हिस्सा जो कि मनुष्य के जन्म का आधार होता है, उसमें भगवान ब्रह्मा जी का वास है तथा शरीर के सबसे ऊपरी हिस्से ज्ञानरूपी कैलाश अर्थात् मनुष्य के मस्तिष्क में चेतना रूप में परमपिता शिवजी का वास है। भगवान शिव ने ही धरती पर जीवन के प्रचार-प्रसार का कार्य प्रारम्भ किया इसलिये इन्हें आदि-नाथ कहा जाता है, आदि का अर्थ है 'प्रारम्भ'। केवल सर्वशक्तिमान त्रिदेवों की शरीर में उपस्थिति से ही शरीर का संचालन सम्भव नहीं होता है, जब तक कि प्रकृति में उपलब्ध प्राणवायु रूपी ऊर्जाशक्ति अर्थात् आदिशक्ति का मिलन चेतना रूपी शिव से नहीं होता है।

जब तक ऊर्जा शक्ति चेतना रूपी भगवान शिव से नहीं मिलते तब तक दोनो अनभिज्ञ, अस्त-व्यस्त तथा लक्ष्यहीन होते हैं, ऊर्जा

चेतना के बिना कुछ भी उत्पन्न नहीं कर सकती, चेतना दिशा, रूप एवं संतुलन प्रदान करती है, इसके विपरीत ऊर्जा के बिना चेतना सुप्तशक्ति होती है, यदि ऊर्जा निष्क्रिय है तो चेतना से कोई सृजन सम्भव नहीं है इसीलिये कहा गया है कि शक्ति के बिना शिव शव हैं अर्थात् बिना शक्ति की सहायता से शिव का साक्षात्कार नहीं होता इसलिये शिव एवं शक्ति की संयुक्त उपासना की जाती है। जब शरीर में शक्ति रूपी ऊर्जा का मिलन चेतना रूपी भगवान शिव के अंश से होता है तभी शिव एवं शक्ति की सम्मिलित ऊर्जा प्रवाह से मनुष्य के शरीर का संचालन होता है, तभी शरीर के विभिन्न अंगों का संचालन भी त्रिदेव सहित सम्बन्धित देवतागण कर पाते हैं, जिस दिन, जिस क्षण आदिशक्ति मनुष्य के शरीर अर्थात् चेतना रूपी भगवान शिव से पृथक होती है, उसी दिन मानव शरीर से उसकी चेतना भी पृथक हो जाती है अर्थात् शरीर मृत घोषित हो जाता है और विभिन्न देवताओ के अंश एवं शक्तियों से पोषित होने वाले अंग भी स्थिर हो जाते हैं। शिवपुराण में उल्लेख आता है -

शंकरः पुरूषाः सर्वेस्तियः सर्वा महेश्वरी।
सर्वेस्तियः सर्वा महेश्वरी।

अर्थात् समस्त पुरूष भगवान सदाशिव के अंश एवं समस्त स्त्रियाँ भगवती शिवा की अंशभूता हैं उन्हीं भगवान अर्धनारीश्वर से सम्पूर्ण चराचर जगत व्याप्त है। दूसरा व्यावहारिक प्रमाण यह भी है प्रकृति में माँ आदिशक्ति रूपी ऊर्जाशक्ति की उपस्थिति के बावजूद मृत शरीर के शव में श्वसन प्रवाह नहीं होता है एवं मृत शरीर निर्जीव हो जाता है परन्तु उस शव के आसपास खड़े सैकड़ों लोगों में श्वास का प्रवाह निरन्तर होता रहता है।

परमपिता शिव कहते हैं कि वह हर मनुष्य में वास करते हैं तभी तो मानव धर्म में समाजसेवा एवं मानव कल्याण को सर्वोपरि माना

गया है इसलिये हर मनुष्य को अपने शरीर में उपलब्ध चेतना से आत्मसाक्षात्कार कर ईश्वर के प्रति सच्ची भक्ति करनी चाहिए तथा अपने शरीर मे सर्वशक्तिमान देवताओं की उपस्थिति मानकर ही कर्म करना चाहिए। जब आप अपने शरीर में परमपिता परमेश्वर तथा देवताओं की उपस्थिति का आभास हर क्षण करते रहेंगे तो आपके जीवन में कुछ समस्यायें अवश्य आएंगी परन्तु आप उनका समाधान अपनी आन्तरिक ईश्वरीय शक्तियों के माध्यम से कर पाने में स्वयं सक्षम होंगे तथा यदि कर्म करते समय सदैव यह स्मरण रखेंगे कि ईश्वरीय शक्ति की प्रत्यक्षता उनके साथ है तथा उसी की ऊर्जा से कार्य सम्पन्न हो रहा है तो निश्चित ही कोई मनुष्य ईश्वर की उपस्थिति में किसी गलत कार्यों को अंजाम देना तो दूर अपितु उस ओर मनुष्य की सोच भी नहीं जायेगी। ऐसा करने से मनुष्य का जीवन न केवल शान्ति एवं सुख से संतृप्त होगा बल्कि मृत्यु के पश्चात् आत्मा को निश्चित तौर पर शिवलोक ही प्राप्त होगा।

अध्यात्म शब्द सागर की तरह इतना वृहद है कि इसका विश्लेषण एवं वर्णन कुछ शब्दों, कुछ पन्नों तथा कुछ समय सीमा में कर पाना किसी मनुष्य विशेष के लिए सम्भव नहीं है।

जय परमपिता सदाशिव - जय माँ आदि-शक्ति।

'जो नहीं है' वही "भगवान शिव" देवों के देव 'महादेव' हैं

भगवान शिव ब्रह्माण्ड के रचयिता हैं, अजन्मे हैं वह, अनंत हैं वो अर्थात् उनका न तो आदि है एवं न अंत है, वह सर्वव्यापी हैं, पंचमहाभूतों के नाथ भूतनाथ हैं वह, सरलता से मनवांछित वर देने वाले भोलेनाथ हैं वह, कालोपरि हैं, परम योगी हैं, विद्याओं के तीर्थ हैं वह, भक्तवत्सल हैं, वैरागी हैं, बंधन भी वही हैं और मुक्ति भी वही, कारण भी वही निवारण भी वही। उन्हीं से उद्भव, उन्हीं से विकास और उन्हीं से होता है संहार संसार का, शिव भी वही और शक्ति भी वही हैं।

इसीलिए **भगवान शिव ही देवों के देव महादेव हैं। 'जो है ही नहीं'** वही शिव हैं और ये दोनो ही बातें आपस में विरोधाभाषी हैं अर्थात् **जो है ही न**हीं तो फिर पूजन और भजन किसका और क्यों? यह दोनो ही बातें आश्चर्यजनक अवश्य हैं परन्तु पूर्णतया सत्य है। इसको ठीक से समझा जाय क्योंकि जब हम किसी

विषय वस्तु को ठीक से समझ लेते हैं तो उस विषय वस्तु के प्रति हमारा प्रेम, श्रद्धा, एवं विश्वास और अधिक बढ़ जाता है।

'जो नहीं है' वही शिव ही देवों के देव **महादेव** हैं। यहाँ पर 'जो नहीं है शब्द' का तात्पर्य शून्यता अर्थात् अंधकार से है, शून्य ब्रह्माण्ड में महत्वूपर्ण भूमिका में है परन्तु उसका अस्तित्व अदृश्य है, अंधकार ही सृष्टि एवं सृष्टि के किसी भी तत्व के उद्भव का मूल अर्थात् जन्मदाता है। चूँकि संसार में प्रत्यक्षता को सत्य समझा जाता है और उसे ही महत्वपूर्ण माना जाता है जैसे संसार में प्रकाश का महत्व अंधकार से अधिक है लेकिन सत्यता है कि अंधकार ही प्रकाश की जननी है तथा अंधकार से ही प्रकाश की पहचान है।

आध्यात्मिक दृष्टिकोण से अंधकार अर्थात् शून्य ही ऐसा मात्र तत्व है जो ब्रह्माण्ड के सभी स्थानों पर व्याप्त है तथा अंधकार के गर्भगृह से ही ब्रह्माण्ड में प्रकाश, ऊर्जा, पंचमहाभूत जैसे सृष्टि के तमाम तत्वों एवं गुणों का जन्म होता है। संसार में शून्य अर्थात् अंधकार ही कालोपरि अर्थात् जन्म और मृत्यु के बंधन से मुक्त है, उसको छोड़कर सृष्टि में उपस्थित सभी गुण, तत्व, पदार्थ एवं जीव आदि नश्वर अर्थात् नष्ट होते रहते हैं और ये सभी तत्व और अंश अन्त के पश्चात् फिर शून्य में ही समाहित हो जाते हैं। इसीलिये अधिकतर शक्तियों का पूजन रात्रिकाल में ही होता है जैसे शिवरात्रि व नवरात्रि आदि।

इसी अजन्मे, अविनाशी शिव तत्व की एक से अनेक बनने की इच्छा से ही ब्रह्माण्ड की उत्पत्ति हुई, ब्रह्माण्ड की उत्पत्ति के समय भगवान शिव ने अपने अर्धनारी प्रकृति रूपी अंश को अपने से अलग करके आदिशक्ति स्वरूपा सृष्टि की उत्पत्ति की, सृष्टि सम्पूर्ण ब्रह्माण्ड में पंचमहाभूतों अर्थात् पंचतत्वों एवं तीन गुणों

अर्थात् सतगुण, रजगुण एवं तमगुण की ऊर्जा शक्ति के संयुक्त स्वरूप में विद्यमान है, इसके साथ ही भगवान शिव ने अपने पुरूष रूपी चेतन तत्व को एक से अधिक अर्थात् करोड़ों अरबों-खरबों की संख्या में प्रकट किया। इसके पश्चात् उन्होंने अपने यौगिक ज्ञान की उत्पत्ति करके **कर्म और प्रारब्ध के चक्र रूपी स्वचालित सॉफ्टवेयर** बनाया। जब चेतन रूपी सूक्ष्म तत्व का मिलन सृष्टि अर्थात् प्रकृति रूपी जड़ तत्व से होता है तो प्रकृति द्वारा चेतन तत्व के लिए स्वरूप का निर्माण किया जाता है और फिर चेतन (शिव तत्व) और प्रकृति (आदिशक्ति तत्व) मिलकर सांसारिक खेल अर्थात् कर्म और प्रारब्ध का चक्र प्रारम्भ करते हैं, इन दोनो शक्तियों की इस क्रीड़ा से कर्म की उत्पत्ति होती है जो चेतन तत्व का प्रारब्ध बनाती है, इसी प्रारब्ध कर्म का बोध करने के लिए पुनर्जन्म होता है। किसी भी जीव, पेड़-पौधे, पशु-पक्षी, पर्वत अथवा संसार में उदित हुई किसी भी वस्तु के जन्म और मृत्यु का चक्र इसी व्यवस्था के तहत अनवरत चलता रहता है।

विज्ञान के दृष्टिकोण से **चेतन (चेतना) का अर्थ है ज्ञान** तथा **प्रकृति तत्व का अर्थ है ऊर्जाशक्ति।** बिना ज्ञान के ऊर्जा निष्क्रिय स्वरूप में रहती है तथा बिना ऊर्जा के ज्ञान की कोई सार्थकता नहीं अर्थात् एक दूसरे तत्व के बिना दोनो निष्क्रिय और सुषुप्त रहते हैं। भगवान शिव का पुरूष रूपी चेतन तत्व जो 84 लाख योनियों में अरबों-खरबों की संख्या में प्रत्यक्ष है, परन्तु वही प्रकृति तत्व की संख्या एक ही है किन्तु वह अपनी ऊर्जाशक्ति से उन सभी अरबों-खरबों चेतन तत्वों को अपनी ओर आकर्षित कर हर एक चेतन तत्व के लिए उसका भौतिक स्वरूप तथा उसको कर्म करने के लिए इन्द्रियों की व्यवस्था प्रदत्त करती है।

मनुष्य जीवन को उदाहरण के रूप में इस प्रकार समझा जा सकता है - जब चेतन तत्व प्रथम बार प्रकृति के पंचतत्वों एवं तीन गुणों के संसर्ग में आते हैं, तो प्रकृति उस पुरूष रूपी चेतन तत्व को आकर्षित कर उसके लिए मनुष्य रूपी शरीर का निर्माण करती है, मस्तिष्क में चेतन रूपी सूक्ष्म तत्व को भौतिकता में खुद कोई कार्य नहीं करने देती अपितु अपने पंचतत्वों रूपी इन्द्रियों को उस चेतन तत्व का दृश्या एवं उसके कर्म का माध्यम बनाती है। चेतन तत्व शरीर की इन्द्रियों अर्थात् अग्नि का प्रतिनिधित्व करने वाली इन्द्री आँख से देखकर, वायु का प्रतिनिधित्व करने वाली इन्द्री त्वचा से स्पर्श महसूस कर, आकाश का प्रतिनिधित्व करने वाली इन्द्री कान से सुनकर, जल का प्रतिनिधित्व करने वाली इन्द्री जीभ से रसास्वादन कर तथा पृथ्वी का प्रतिनिधित्व करने वाली इन्द्री नाक से गंध-सुगंध का अनुभव करके भौतिकता की चकाचौंध में आकर अपने कर्मों को अंजाम देने लगता है और मूल आत्मा तत्व स्वच्छ एवं पवित्र होते हुए भी अपने भटकने के मूल स्वभाव के कारण मायारूपी भौतिकता के दलदल में फंस जाता है और कर्म-प्रारब्ध के चक्र में आकर पुनर्जन्म की प्रक्रिया में आ जाता है परन्तु यदि चेतन तत्व इन बाहरी इन्द्रियों के स्थान पर अपने कर्मों में अन्तरिन्द्रियों का उपयोग करता है तो उसको कर्म-प्रारब्ध से मुक्ति अर्थात् मोक्ष की प्राप्ति होती है।

यही शिव रूपी ज्ञान ऊर्जा अपने ज्ञान का उपयोग प्रकृति की ऊर्जा के रूपान्तरण एवं स्थानान्तरण में करता है तभी संसार में किसी विषय, वस्तु अथवा जीव में सृजन, संचालन तथा विनाशक क्रियायें होती हैं। इन्हीं **ज्ञान रूपी शिव** और **शक्ति रूपी प्रकृति** आपस में मिलकर कर्म प्रारब्ध से सॉफ्टवेयर के माध्यम से ब्रह्माण्ड के छोटे से छोटे कण तथा बड़ी से बड़ी वस्तु का निर्माण कर

उसमें जीवन का संचार और फिर उसके संहार का कारक बनते हैं।

मनुष्य शरीर की बात करें तो जिस दिन प्रकृति तत्वों से निर्मित शरीर में शक्ति स्वरूपा प्रकृति अपनी ऊर्जा का प्रवाह बन्द कर देती है उसी समय ज्ञान रूपी चेतन तत्व शरीर से बाहर निकल जाता है, इसी प्रकार यदि चेतन ऊर्जा रूपी शरीर का त्याग करती है तो शरीर स्वतः निष्क्रिय हो जाता है, यदि चेतन रहित ऊर्जा निर्मित शरीर में ऊर्जा सक्रिय भी है तो शरीर कुछ दिन कोमा की स्थिति में अवश्य रह सकता है परन्तु इन स्थितियों में कोई विकास कार्य नहीं हो सकता और अन्ततः ऊर्जा रूपी शरीर को भी अपना अस्तित्व समाप्त करना ही पड़ता है।

हमारे शरीर के मस्तिष्क में **भगवान शिव का पुरूष तत्व 'चेतना'** का निवास होता है तथा पंचमहाभूतों से सृजित एवं संचालित शरीर **भगवान शिव का नारी तत्व अर्थात् 'प्रकृति तत्व'** है, ये दोनो ही तत्व एक दूसरे के पूरक हैं और अपने स्वार्थ से ऊपर उठकर संसार के कल्याण हेतु अपने ही चेतन और प्रकृति अंश के रूप में बार-बार मिलन एवं वियोग की प्रक्रिया को सहन करते रहते हैं।

महादेव कहें या शिव कहें या भोलेनाथ कहें, कोई जीव हो या ब्रह्माण्ड का छोटा तिनका हो, इन सभी में भगवान शिव के ही अंश विद्यमान हैं। जब कोई जीव अथवा पदार्थ का जन्म होता है तो वह जन्म उसका नहीं अपितु महादेव का जन्म होता है, जब उसे कोई कष्ट होता है तो वह कष्ट भी महादेव के अंश को ही होता है और उस अंश का संहार भी वही महादेव ही करते हैं और जो जीव अथवा वस्तु संहारित होती है उसमें उन्हीं महादेव के अंश का ही संहार होता है, वही त्रिदेव हैं और 33 कोटि

देवी-देवता भी महादेव के अंश हैं। इसीलिए तो वह देवों के देव महादेव हैं और सर्वत्र विद्यमान हैं। इसलिए हम सभी को मानसिक तौर पर उनका हर क्षण स्मरण करते हुए हर मानव एवं प्रकृति रूपी तत्व में उनके स्वरूप को देखकर कल्याण रूपी कार्य में लगे रहना चाहिए। श्रावण मास में भगवान शिव का स्मरण, पूजा तथा अभिषेक करने से भगवान शिव अति शीघ्र प्रसन्न होते हैं, चूँकि श्रावण मास में वर्षा होने से प्रकृति में तमाम विषाणुओं का जन्म होता है और शिव विषहर्ता हैं इसलिए जो उनकी पूजा श्रावण मास में करता है वह इन विषाणुओं से भी मुक्त रहता है।

जय माता आदिशक्ति – जय भोलेनाथ।

प्रकृति के तीन गुणों से बंधता है 'जीव'

प्रकृति की अजब है माया - कहीं धूप तो कहीं छाया।

प्रकृति दो शब्दों से निर्मित है, प्र+कृति इसमें प्र का अर्थ विशेष एवं प्रकृति का अर्थ रचना होता है, प्रकृति परम्पिता परमेश्वर की विशेष रचना है इसीलिए प्रकृति को माया रूप भी कहा जाता है। इस कहावत का अनुभव तो हम सभी प्रतिक्षण करते ही रहते है, यहां तक कि एक पौधे में कई रंगों के पुष्पों का होना, एक माता-पिता की सन्तानों में अलग-अलग रूप एवं स्वभाव होने सहित विभिन्न प्रकार के प्राकृतिक आश्चर्य यह सब माँ प्रकृति (आदि-शक्ति) का ही माया रूप है।

पवित्र ग्रंथ श्रीमद भगवद् गीता के अध्याय 14 में यह उल्लेख है कि ब्रह्म (काल) कह रहा है कि प्रकृति (दुर्गा) तो मेरी पत्नी है, मैं ब्रह्म (काल) इसका पति हूँ। हम दोनों के संयोग से सर्वप्राणियों सहित तीन गुणों सतोगुण यानी विष्णु जी, रजोगुण यानी ब्रह्मा जी तथा तमोगुण यानी शिवजी की उत्पत्ति हुई। मैं (ब्रह्म) सर्वप्राणियों का पिता हूँ तथा प्रकृति (दुर्गा) इनकी माता है। मैं

इसके उदर में बीज स्थापित करता हूँ जिससे सर्व प्राणियों की उत्पत्ति होती है, प्रकृति (दुर्गा) से उत्पन्न तीनों गुण अर्थात् त्रिदेव ही जीव को कर्म आधार से शरीर में बांधते है अर्थात् जो भी जीव प्रकृति के संसर्ग में आता है तो वह इन सत, रज एवं तम नामक तीनों गुणों में बंध जाता है। इन तीनो गुणो के प्रभावों का संक्षिप्त विवरण प्रस्तुत है :-

सतोगुण : सतोगुण का गहरा सम्बन्ध चेतना तथा चेतना के तत्वों - मन, बुद्धि एवं अंहकार से होता है। इसलिए इस गुण की प्रकृति में सुंदरता, पवित्रता, शुद्वता है सतोगुण अन्य दो गुणों से श्रेष्ठ होने के कारण ज्ञान एवं प्रकाश प्रदान करने वाला है और मनुष्यों को सारे पाप कर्मो से मुक्त करने वाला है, जो लोग इस गुण में स्थित होते है वे सुख तथा ज्ञान के भाव में बंध जाते है। इस गुण की प्रधानता में मृत्यु होने पर मनुष्य उच्च लोकों में ऊपर जाते है तथा ऐसे मनुष्यों को महर्षियों के विशुद्ध लोकों में स्थान प्राप्त होता है।

रजोगुण : रजोगुण का सम्बन्ध वस्तु की क्रियाशीलता एवं गति से होता है, रजोगुण की उत्पत्ति व्यक्ति की असीम आंकाक्षाओं, तृष्णाओं तथा अनियंत्रित लालसाओं से होती है जिसके फलस्वरूप मनुष्य सकाम कर्मो से बंध जाता है। इस गुण की प्रधानता में मृत्यु होने पर व्यक्तियों को पृथ्वी लोक में ही रहना होता है तथा वह सकाम कर्मियों के मध्य जन्म लेता है।

तमोगुण : तमोगुण की उत्पत्ति अज्ञान से है इस कारण व्यक्ति मोहजाल में फंसता है तथा आसक्ति अर्थात पागलपन, भ्रम, आलस्य, नींद, अशिष्टता, लापरवाही, उदासीनता एवं निष्क्रियता आदि इस गुण के प्रतिफल होते है। इस गुण की प्रधानता में मृत्यु होने पर मनुष्य को सबसे नीचे नरक लोक में वास करना पड़ता है तथा वह पशु योनि में जन्म धारण करता है।

अर्थात् सतोगुण मनुष्य को सुख में, रजोगुण मुनष्य को कर्म में तथा तमोगुण मनुष्य के ज्ञान को ढककर पागलपन से बांधता है। मनुष्य में कभी सतोगुण दोनों अन्य गुणों पर हावी होकर प्रधान हो जाता है, मनुष्य के चरित्र में कभी रज या तम में से कोई एक अन्य दोनों गुणों पर हावी होकर प्रधान होता रहता है एवं इन तीनों की आपस में श्रेष्ठता के लिए प्रतिस्पर्धा निरन्तर चलती रहती है। जब कोई मनुष्य यह अच्छी तरह जान लेता है कि समस्त कार्यों में प्रकृति के तीनों गुणों के अतिरिक्त कोई कर्ता नहीं है तथा तीनों गुणों से परे परम्पिता परमेश्वर से श्रेष्ठ कोई नहीं, तो वह परम पिता परमेश्वर के दिव्यता को प्राप्त होता है जब देहधारी जीव भौतिक शरीर से सम्बद्व इन तीनों गुणों को लॉघने में समर्थ होता है। वह जन्म, मृत्यु, बुढ़ापा सहित अनेकानेक कष्टों से मुक्त होकर जीवन में अमृत भोग करता है। इसलिए इन तीनों गुणों में संतुलन रखते हुए सबसे पहले अपने चरित्र में सतोगुण का विकास करना आवश्यक है। इसके लिए साधना, ध्यान एवं मौन से चरित्र में उत्पन्न होने वाले रजोगुण एवं तमोगुण पर नियंत्रण कर सतोगुण में वृद्वि कर सकते है। इसके अतिरिक्त सतोगुण अर्थात सद्विचार वाले समाज में रहने, भक्ति-भजन करने, सात्विक अर्थात सादा, सुपाच्य तथा कम या बिना मिर्च मसाले वाला ताजा भोजन ग्रहण करने सहित सत्य एवं मृदुल वाणी बोलने से शीघ्रता से सतोगुण मे विकास संभव होता है। जब चरित्र में सतोगुण की प्रधानता हो जाये तो फिर लाभ-हानि, जीवन-मरण एवं यश-अपयश से परे होने का प्रयास करना चाहिए। इस श्रेणी में पहुंचने पर निश्चित रूप से मनुष्य को जीवन-मृत्यु के बंधन से मुक्ति अर्थात् इन तीनों गुणों से ऊपर परम्पिता परमेश्वर के श्रीचरणों में स्थान मिलता है।

जय परम्पिता शिव-जय मॉ आदिशक्ति।

33 करोड़ या 33 कोटि देवी–देवता

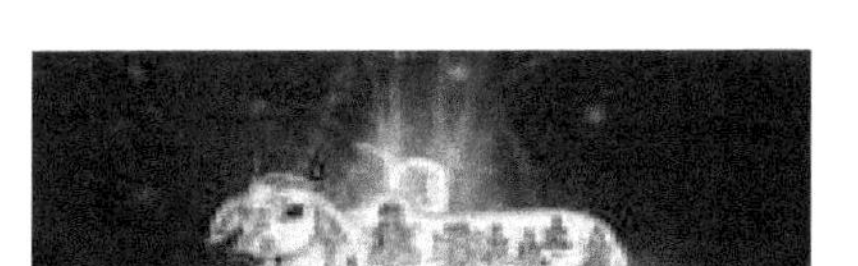

हर धर्म में ईश्वर, अल्लाह, गुरूनानक एवं यीशु मसीह जैसी दैवीय शक्तियों को आराध्य माना जाता है लेकिन हिन्दू धर्म में 33 करोड़ तथा 33 कोटि देवी-देवताओं के बारे में कहावतें प्रचलित है। दोनों ही बातें सत्य भी है और नहीं भी हैं। वास्तव में जो ऊर्जा शक्तियाँ अपने अंशों से निःस्वार्थ रूप से अनवरत प्रकृति के सृजन एवं संचालन का कार्य करती हैं वही सभी के लिए देवी-देवताओं की श्रेणी में आती हैं। चूँकि परम्पिता परमेश्वर ने समय-समय पर करोड़ों रूपों एवं योनियों में अपनी अपार ऊर्जा शक्तियों के अलग-अलग रूप में अवतरित होकर प्रकृति के सृजन, संरक्षण एवं संतुलन का कार्य किया है जो किसी एक समय में गणना करने पर 33 करोड़ रहा होगा इसलिए उन समस्त अवतरण की शक्तियों को अलग-अलग नामों से पहचानते हुए 33 करोड़ देवी देवता कहे जाने लगे। चूँकि प्रकृति में सृजन एवं संतुलन हेतु विकास कई रूपों में निरन्तर चलता रहता है तो इस प्रकार से आज के समय में यदि गणना की जाय तो संभव है कि कई करोड़ देवी-देवता और भी बढ़ गये होंगे।

वैसे यह मामला एक शब्द के दो अर्थों से ताल्लुक रखता है कोटि शब्द का एक अर्थ होता है करोड़ तथा दूसरा अर्थ होता है प्रकार

या श्रेणी। इसलिए विद्वान लोग 33 करोड़ देवी देवताओं की अवधारणा को निराधार करार देते हुए 33 कोटि अर्थात् 33 प्रकार की सत्यता की बात करते है। कोटि अर्थात श्रेणी के आधार पर केवल 4 श्रेणी के ही देवी-देवता हैं। इन श्रेणियों के अर्न्तगत 33 प्रकार की ऊर्जा शक्तियाँ अर्थात् देवी-देवता होते हैं जिनका प्रकृति के संचालन में अलग-अलग कार्य एवं दायित्व होता है। चूँकि जीवधारी का शरीर भी ब्रह्माण्ड की प्रतिकृति ही है इसलिए इन 4 श्रेणी के 33 प्रकार की ऊर्जा शक्तियाँ ही शरीर का भी सृजन एवं संचालन करती है। जो निम्नवत् है :-

प्रथम श्रेणी - 8 प्रकार के वसु

इस श्रेणी में पृथ्वी, जल, अग्नि, वायु, आकाश तथा सूर्य, चन्द्रमा और नक्षत्र मिलाकर कुल आठ प्रकार की ऊर्जा शक्तियां होती हैं जिन्हें वसु कहा गया है। इन सभी शक्तियों एवं उनके संतुलन से ही प्रकृति के हर जीव एवं पदार्थ का सृजन तथा उनका संचालन होता है। इनकी शक्तियों से हम सभी पूर्णतया परिचित हैं।

दूसरी श्रेणी - 11 प्रकार के रूद्र

इस श्रेणी में पाँच प्राणवायु तथा पाँच उप प्राणवायु तथा एक जीवात्मा अर्थात् कुल 11 प्रकार की ऊर्जा शक्तियाँ आती है, जिन्हें रूद्र कहा जाता है। रूद्र का अर्थ होता है रूदन। ये समस्त प्राणशक्ति रूपी दैवीय शक्तियां प्रकृति के प्रत्येक जीव को जीवांत स्वरूप प्रदान करती है तथा मृत्यु के समय जब यही 11 प्रकार के रूद्र शरीर से बाहर निकलते है तो यह मृतक के सगे-सम्बन्धियों को रूलाते है इसीलिए इनको रूद्र कहा जाता है। शरीर में इनके कार्य एवं दायित्वों का विवरण निम्नवत् है।

प्राण : प्राण नामक प्राणवायु शरीर में नासिका से हृदय के मध्य क्षेत्र में निवास करती है, जो सभी प्राणों का राजा होती है।

यह अन्य समस्त प्राणों को विभिन्न स्थानों पर विभिन्न कार्यो के लिए नियुक्त करने का कार्य करता है।

अपान : अपान नामक प्राणवायु का क्षेत्र शरीर में नाभि से लेकर पांव तक होता है यह गुदा नामक इन्द्रिय द्वारा मल, वायु एवं मूत्रेंद्रिय द्वारा वीर्य व मूत्र तथा योनि द्वारा रज व गर्भ को शरीर से बाहर निकालने का कार्य करता है।

व्यान : व्यान नामक प्राणवायु का कार्य हृदय से निकलने वाली 100 मुख्य नाड़ियाँ, उन प्रत्येक नाडी से निकली 100–100 शाखाएं एवं प्रत्येक शाखा से निकलने वाली 72000 उप शाखाओं में प्रारम्भ से अन्त तक रक्त एवं प्राण संचार का कार्य करना है।

समान : इस प्राणवायु का स्थान शरीर में हृदय से नाभि के मध्य तक है तथा यह खाये हुए अन्न को पचाने तथा पचे हुए अन्न से रस, रक्त तथा धातुओं का निर्माण करने का कार्य करती है।

उदान : उदान नामक प्राणवायु शरीर में कंठ से मस्तिष्क तक के अवयवों में निवास कर शब्दों के उच्चारण, वमन आदि के कार्य के साथ ही अच्छे कर्म वाली जीवात्मा को उत्तम योनि में, बुरे कर्म वाली आत्मा को नीचयोनि में ले जाने का भी कार्य करती है।

नाग : नाग नामक उप प्राणवायु शरीर में वायु कंठ से लेकर मुख के मध्य रहकर डकार एवं हिचकी आदि कार्य संचालन करती है।

कुर्म : इस उप प्राणवायु का मुख्य स्थान नेत्र गोलक है। नेत्रों को बायें–दायें, ऊपर–नीचे घुमाने तथा पलकों को खोलने–बंद करने का कार्य कुर्म नामक रूद्र से संभव होता है तथा आंसू भी इसी के सहयोग से निकलते है।

किरकल : किरकल नामक उप प्राणवायु का स्थान मुख से हृदय के मध्य है तथा जम्हाई, भूख और प्यास इसी के द्वारा उत्पन्न होती है।

देवदत्त : देवदत्त नामक उप प्राणवायु का निवास स्थान नासिका से कंठ तक रहता है जिसका मुख्य कार्य छींक, आलस्य, तंद्रा एवं निद्रा आदि लाना होता है।

धनंजय : धनंजय नामक उप प्राणवायु सम्पूर्ण शरीर में व्याप्त रहकर मांसपेशियों को सुंदर बनाये रखकर शरीर के सभी अवयवों को खींचकर उनमें संतुलन बनाये रखती है। शरीर से जीवात्मा निकलने के बाद इसी प्राण के अभाव में शरीर फूल जाता है।

जीवात्मा : यह 11वां रूद्र जो जीवात्मा का स्वरूप में जीव के शरीर में वास करता है, जिसकी ऊर्जा शक्ति से शारीरिक जीवन का संचालन होता है।

तीसरी श्रेणी - 12 आदित्य

हिन्दू धर्म में माने जाने वाले प्रमुख देवताओं में भगवान सूर्य है। भगवान सूर्य जिनको आदित्य भी कहा जाता है तथा इनके 12 स्वरूप है। इन 12 स्वरूपों का नाम एवं कार्यों का विवरण निम्न है :-

इंद्र : यह देवाधिपति और भगवान सूर्य का प्रथम रूप है। इनकी शक्तियाँ असीम है तथा शरीर की इन्द्रियों के संचालन पर इनका अधिकार है।

धाता : सूर्य का यह दूसरा रूप प्रजापति के रूप में है। सृष्टिकर्ता तथा सम्पूर्ण सृष्टि के संचालन हेतु नियम, व्यवस्था तथा अनुशासन का पालन कराना इनका दायित्व है।

पर्जन्य : आदित्य के तीसरें रूप का नाम पर्जन्य है जिनका निवास मेघों में होता है। वर्षा के होने तथा किरणों के प्रभाव से मेघों से जल बरसता है। ये धरती का ताप शांत करते है तथा प्रकृति में जीवन का संचार करते है।

त्वष्टा : चौथे आदित्य का नाम त्वष्टा है जिसका निवास स्थान वनस्पतियों में है एवं यह औषधियों का रूप होता है।

पूषा : पांचवें आदित्य का नाम पूषा है। इनका निवास अन्न एवं धान्यों में होता है एवं इन्हीं के द्वारा अन्न में पौष्टिकता, ऊर्जा, रस तथा स्वाद की उपस्थिति होती है।

अर्यमा : छठवें आदित्य का नाम अर्यमा है जो वायु रूप में प्राणशक्ति का संचार करते हैं। यह चराचर जगत की शक्ति है तथा प्रकृति में आत्मा रूप में निवास करते है।

भग : सातवें आदित्य का नाम भग है जो प्राणियों की देह में अंग रूप में विद्यमान है। भगदेव शरीर में चेतना, ऊर्जाशक्ति, कामशक्ति तथा जीवंतता की अभिव्यक्ति कराते है।

विवस्वान : आठवें आदित्य का नाम विवस्वान है। इनमें जो तेज और ऊष्मा व्याप्त है, इसी ऊष्मा से शरीर में भोजन के पाचन का कार्य होता है।

विष्णु : विष्णु नवें आदित्य का नाम है। यह संसार के संचालक होने के साथ ही संसार के समस्त कष्टों से मुक्ति दिलाने का कार्य करते है।

अंशुमान : दसवें आदित्य का नाम अंशुमान है जो वायु रूप में प्राणतत्व बनकर देह में विराजमान है, इनसे ही जीवन में सजगता तथा तेज उत्पन्न होता है।

वरूण : वरूण ग्यारहवें आदित्य का नाम है। यह समुद्र के देवता हैं तथा मनुष्य के शरीर में जल के रूप में विराजमान है। जल के अभाव में जीवन की कल्पना नहीं की जा सकती है।

मित्र : बारहवें आदित्य का नाम मित्र है। यह विश्व कल्याण हेतु तप करने वाले, साधुओं का कल्याण करने की क्षमता रखने वाले देवता है।

चतुर्थ श्रेणी - 2 अश्वनी कुमार

सूर्य अंश के रूप में नासत्य एवं दस्त्र दोनों को अश्वनी कुमार के नाम से जाना जाता है जिन्हें चिकित्सा के देवता रूप में भी जाना जाता है।

इस प्रकार 8 बसु, 11 रूद्र, 12 आदित्य तथा 2 अश्वनी कुमार नामक कुल 33 शक्तियाँ हैं। इन्हीं को 33 प्रकार के देवी–देवताओं की मान्यता दी गयी है। परन्तु इस सबसे हटकर देवी–देवताओं के विषय में एक ही बात याद रखने योग्य है कि परम्पिता परमेश्वर एक ही परम्शक्ति है उसके नारी रूपी बायें भाग का ऊर्जाअंश जो प्रकृति का स्वरूप है, वह प्राकृतिक जीवों एवं वनस्पतियों आदि का भौतिकीय विकास एवं विस्तार करता है तथा शेष पुरूष रूपी दायें भाग का चेतना (ज्ञान) रूपी अंश प्रकृति द्वारा उत्पन्न हर पदार्थ, जीवों और वनस्पतियों में वास करता है। इन दोनों अंशो प्रकृति अर्थात् ऊर्जा तथा पुरूष अर्थात् चेतन के मिलन से ही कई प्रकार की ऊर्जा का रूपान्तरण होता है एवं यही रूपान्तरित ऊर्जा शरीर के विभिन्न अंगों में तथा ब्रह्माण्ड के विभिन्न तत्वों में अवतरित होकर उसके सृजन, संचालन और विकास का दायित्व निभाती है। चूंकि मनुष्य शरीर के संचालन में 33 श्रेणी की ऊर्जा शक्ति रूपान्तरित होकर कार्य करती है इसीलिए इन 33 श्रेणी की ऊर्जा शक्ति को ही 33 कोटि के देवी–देवता माना जाना चाहिए तथा उन्हीं की नित्य आराधना करनी चाहिए।

समस्त देवी-देवताओं का सम्मान एवं आराधना दो प्रकार से संभव है, प्रथम भौतिक रूप से दृश्या प्रकृति का पूजन क्योंकि प्रकृति ही अपनी विभिन्न प्रकार की ऊर्जा शक्तियों से सृजन एवं संचालन का माध्यम बनती है, दूसरा अर्न्तमुखी होकर अपने अन्दर ज्ञान के रूप में उपलब्ध सूक्ष्म चेतन अंश को नमन तथा पूजन,

क्योंकि प्रकृति की ऊर्जा का संतुलन एवं सही तरह से उर्जा का रूपांतरण कर उसको उत्पादक स्वरूप प्रदान करने के लिए ज्ञान की आवश्यकता होती है। बिना ज्ञान के उर्जा निष्क्रिय रूप में प्रकृति में रहती है। प्रकृति के पूजन के लिए प्रातः उठकर माता प्रकृति एवं आकाश को निहार कर उसको प्रणाम कर धन्यवाद देना चाहिए तथा सदैव प्राकृतिक चीजों को ईश्वर अंश मानते हुए उसको उचित सम्मान, सहयोग की भावना तथा उसका रक्षण करने का भाव अपने मन एवं हृदय मे रखना चाहिए। इसके अतिरिक्त अंतर्मुखी होकर चेतन की आराधना हेतु हर मनुष्य को प्रातः एवं सांयकाल एकांत में बैठकर शांतभाव से अपने मन को ध्यान के माध्यम से भौतिकता से हटाकर अपने शरीर के अंदर की असीम ऊर्जा शक्ति खासकर ब्रह्म स्थान अर्थात नाभि चक्र पर, विष्णु स्थान अर्थात् हृदय चक्र पर तथा शिव स्थान अर्थात् मस्तिष्क चक्र पर केन्द्रित करके उसका ध्यान एवं आराधना करके अन्र्तमन में खुशी का भाव पैदा करना चाहिए। इस प्रक्रिया अर्थात् अंतर्मुखी ध्यान लगाने से शरीर में ऊर्जा अंश के रूप में व्याप्त सभी देवी-देवता की आराधना पूर्ण हो सकती है।

जय आदिशक्ति - जय परम्पिता परमेश्वर।

पंचमहाभूत एवं मानव शरीर

मानव जन्म की श्रेष्ठता के बारे में **श्रीमद्भागवत पुराण** में उल्लेख है कि

'सृष्ट्वा पुराणि विविधान्यजयात्मशक्ताया,
वृक्षान् शरीसृपपशून् खगदशंमत्स्यान।
तैस्तैर अतुष्टह्वदयः पुरूषं विधाय,
ब्रम्हावलोकधिषणं मुदमाप देवः।'

अर्थात् विश्व की मूलभूत शक्ति **सृष्टि** के रूप में अभिव्यक्ति हुई और जिसमें वृक्ष, सर्प, पशु-पक्षी, कीड़े-मकौड़े एवं मछलियां आदि अनेकों रूपों का सृजन हुआ परन्तु उसमें चेतना की पूर्ण अभिव्यक्ति नहीं हुई तत्पश्चात् **मनुष्य का जन्म** हुआ जो चेतना के मूल तत्व **ब्रह्म** से साक्षात्कार करने में समर्थ हुआ।

मानव का शरीर **पंचमहाभूतों** अर्थात् **पृथ्वी, आकाश, वायु, अग्नि एवं जल** से निर्मित एवं संचालित होता है, वैसे तो **बह्माण्ड** में बहुत से भूतों (तत्वों) की उपस्थिति हैं, परन्तु **प्रकृति** में उपलब्ध ये पांच महाभूत अपार शक्तिशाली है इसीलिए इन्हें भूत के स्थान पर **महाभूत** कहा जाता है इन्हीं के संतुलन का पर्याय **प्रकृति** है।

भगवान में भी इन्हीं पंचमहाभूतों का समावेश है।

'भगवान' जिन चार शब्दों से बना है उसमें **भ** - भूमि अर्थात् **पृथ्वी**, **ग** - गगन अर्थात् **आकाश**, **वा** - **वायु** अर्थात् हवा, **अ-अग्नि** अर्थात आग एवं **न** - नीर अर्थात **जल**।

मानव शरीर के मस्तिष्क में **भगवान शिव** के अंश के रूप में स्थित **चेतना** अर्थात **प्राणशक्ति** का जब **माँ आदिशक्ति** रूपी **प्रकृति** जो कि इन पंचमहाभूतों की संतुलित उर्जा का स्वरूप है, से मिलन होता है (इसी **चेतना** एवं **प्रकृति** के मिलन को ही **पुरूष** एवं **प्रकृति** का मिलन कहते है यही **परम्पिता शिव** का **अर्धनारीश्वर** स्वरूप है) तो चेतना (प्राणशक्ति) में विद्युत उत्पन्न होती है इसी से उत्पन्न विद्युत मस्तिष्क में प्रवाहित होकर मस्तिष्क के कई अरब कोषों को सक्रिय एवं नियमित करती है। इसी ऊर्जा शक्ति से शरीर के समस्त अंगों एवं जीवन का संचालन होता है। पंचमहाभूतों का स्वरूप, गुण तथा शरीर संचालन में इनकी भूमिका एवं उपयोगिता का विश्लेषण प्रस्तुत है।

● **पृथ्वी तत्व** : शरीर में 12 प्रतिशत **पृथ्वी तत्व** का प्रतिनिधित्व है, इसका **स्वामी ग्रह बुध** है, पृथ्वी तत्व की **प्रकृति भार** तथा कारक तत्व **गंध** है तथा **नासिका यानी नाक** नामक ज्ञानेन्द्रिय से **गंध सुगंध** का अनुभव होता है, इसके अधिकार क्षेत्र में हड़डी, मांस मज्जा एव नाखून आदि आते है इसके अर्न्तगत वात, पित्त एवं कफ तीनो धातुएं आती है, अर्थात पृथ्वी तत्व के असंतुलन से वात, पित्त एवं कफ विकार उत्पन्न होते है जिससे शरीर अस्वस्थ होता है।

● **जल तत्व** - शरीर में 72 प्रतिशत **जल तत्व** का प्रतिनिधित्व होता है, जल तत्व के **स्वामी चन्द्र एवं शुक्र** दोनों होते है, जल

की **प्रकृति तरलता**, **कारक** तत्व **स्वाद** यानी रस है, **जीभ** नामक ज्ञानेन्द्रिय से मनुष्य को स्वाद का अनुभव होता है। इसके अधिकार क्षेत्र में खून, लार, पसीना, वीर्य, मूत्र तथा शरीर में बनने वाले समस्त रस तथा एंजाइम आदि। इस तत्व के अर्न्तगत कफ धातु आती है अर्थात् जल तत्व के अंसतुलन से कफ विकार उत्पन्न होता है, जल तत्व के देवता वरूण एवं इन्द्र हैं।

● **अग्नि तत्व** - शरीर में 4 प्रतिशत **अग्नि** का प्रतिनिधित्व होता है। अग्नि तत्व के **स्वामी सूर्य एवं मंगल** ग्रह हैं। अग्नि की **प्रकृति - ऊष्मा**, तथा इसका कारक तत्व **दृश्य** है, **आँख** नामक ज्ञानेन्द्रिय से मनुष्य को दृश्य का अनुभव होता है। इसका अधिकार क्षेत्र ऊर्जा, ऊष्मा, शक्ति, ताप है जो हमारे शरीर में गर्माहट यानी ताप का संतुलन रखती है। अग्नि तत्व ही भोजन को पचाकर शरीर को स्वस्थ्य रखता है अग्नि तत्व में अंसतुलन होने की स्थिति में **पित्त दोष** का जन्म होता है जिससे शरीर में बीमारी उत्पन्न होती है। अग्नि के **देवता सूर्य** माने गये है।

● **वायु तत्व -** शरीर में 6 प्रतिशत **वायु** का प्रतिनिधित्व होता है वायु तत्व के **स्वामी शनि ग्रह** है। इसकी **प्रकृति गति** तथा इसका कारक **तत्व स्पर्श** होता है, **त्वचा** नामक ज्ञानेन्द्रिय से मनुष्य को स्पर्श का अनुभव होता है इसके अधिकार क्षेत्र में स्वास क्रिया आती है मनुष्य का संवेदनशील नाड़ी तंत्र और मनुष्य की चेतना स्वास प्रक्रिया से जुड़ी है। वायु के देवता भगवान विष्णु माने गये हैं।

● **आकाश तत्व** - शरीर में 6 प्रतिशत **आकाश** का प्रतिनिधित्व होता है, आकाश तत्व के **स्वामी ग्रह गुरू** हैं। इसकी **प्रकृति-मिश्रित**, इसका **कारक तत्व शब्द** होता है, **कान** नामक ज्ञानेन्द्रिय से

श्रवण का अनुभव होता है इसका मुख्य कार्य है शरीर में आवश्यक संतुलन बनाये रखना। इसके अधिकार क्षेत्र में आशा एवं उत्साह तथा वात एवं कफ इसकी धातु है। आकाश तत्व भौतिक रूप से मन का प्रतीक है, जैसे आकाश अनंत है वैसे ही मन की सीमा भी अनंत है जैसे आकाश में कभी बादल, कभी धूप तथा कभी साफ रहते है उसी प्रकार मनुष्य का मन भी कभी खुश, कभी उदास तथा कभी शांत रहता है तथा जिस प्रकार आकाश अनंत ऊर्जाओं से भरा होता है वैसे ही मनुष्य का मन भी अपार ऊर्जावान होता है, आकाशीय गतिविधियों में गुरूत्वाकर्षण, प्रकाश, ऊष्मा, चुम्बकीय क्षेत्र एवं प्रभाव तरंगों में परिवर्तन होता है इस परिवर्तन का प्रभाव मानव जीवन पर पड़ता है। आकाश के देवता भगवान शिव हैं।

उक्त बातों के पश्चात् यह मान लेना ही श्रेयस्कर होगा कि इन **शक्तिशाली पंचमहाभूतों** से निर्मित हमारा शरीर भी अपार शक्तिशाली एवं उर्जावान है। इन **पंचमहाभूतों के असंतुलन** से मानव शरीर में विभिन्न प्रकार के रोगों का जन्म होता है इसलिए **पंचमहाभूतों की शुद्धियां** एवं उनमें सदैव **संतुलन** बनाये रखने हेतु प्रयत्नरत रहकर शरीर को **निरोगी** रखा जा सकता है।

पंचमहाभूत की अशुद्धियों को शुद्ध करने का बहुत सरल उपाय यह है कि मन को संतुलित, स्थिर एव स्वच्छ रखने से **आकाश तत्व (महाभूत)** की शुद्धि स्वतः हो जाती है, इसी प्रकार जल को 12 घण्टे तांबे के बर्तन में रखकर ही उसका उपयोग पीने में करे अथवा नीम या तुलसी की पत्तियों को डालकर रखे उस पानी का पीने में उपयोग करें तो **जल तत्व** का संतुलन स्थापित होता है तथा **जल तत्व (महाभूत) की शुद्धि** होती है, **अग्नि तत्व (महाभूत)** को संतुलित एवं शुद्धि करने के लिए प्रातःकाल में सूर्य

स्नान करना चाहिए। तथा **वायु तत्व (महाभूत)** को संतुलित एवं शुद्धि करने के लिए किसी खुले स्थान, नदी के किनारे अथवा पार्क या झील के पास प्रातः काल जाकर वायु स्नान करना चाहिए। **पृथ्वी तत्व (महाभूत)** को शुद्धि एवं संतुलित करने के लिए मानव को शुद्ध एवं शाकाहारी भोजन का चयन करना चाहिए तथा भोजन पकाने का स्थान स्वच्छ हो तथा पकवान भी स्वच्छ मन से बनाये एवं परोसे जायें, भोजन करते समय एकाग्र भाव एवं चित्त से माँ अन्नपूर्णा का ध्यान कर भोजन ग्रहण करना चाहिए साथ ही मानव जो भी भोजन के रूप में ग्रहण करता है उन सभी में जीवात्मा होती है इसलिए जो हमें भोजन देने के लिए अपनी जीवात्मा त्याग रहे हैं उनके प्रति आभार व्यक्त करके ही भोजन प्रारम्भ करना चाहिए, ऐसा करने से भोजन आपके शरीर में अलग तरीके से काम करता है। इसके अतिरिक्त विभिन्न मुद्राओं एवं योग साधनाओं से भी इन तत्वों का संतुलन संभव है।

जय माँ आदिशक्ति - जय परम्पिता शिव।

पंचमहाभूतों की शुद्धि एवं संतुलन से शरीर बनेगा निरोगी

चरक संहिता का श्लोकांश है -

'यत ब्रह्माण्डे तत् पिण्डे'

अर्थात् जैसा ब्रह्माण्ड है वैसा ही शरीर है, जो गुण एवं तत्व ब्रह्माण्ड में व्याप्त है, उनसे ही यह शरीर बना है, इसमें कोई अन्तर नहीं।

शिक्षा आवश्यक परन्तु दुर्भाग्यपूर्ण : जन्म के उपरान्त मनुष्य को खान-पान, रहन-सहन एवं आजीविका आदि का ज्ञान तो विभिन्न स्तर पर प्राप्त होता है परन्तु दुर्भाग्यपूर्ण है कि जिस शरीर को लेकर मनुष्य अपनी जीवन यात्रा करता है उस शरीर के बारे में वह इस बात से अनभिज्ञ रहता है कि हमारा शरीर किसने और क्यों बनाया है, यह शरीर कैसे बना और इसका संचालन कैसे हो रहा है। विडम्बना यह है कि इन प्रश्नों का उत्तर देने अथवा

इन गूढ़ विषयों का बोध कराने के लिए किसी भी शिक्षा प्रणाली में कोई नियमित प्राविधान ही नहीं है।

वर्तमान में मनुष्य अपने मूल शरीर से अज्ञान एवं भ्रमित होकर केवल गूगल एवं अर्थजगत के ज्ञान को ही सत्य मानता है जिसके कारण अधिकतर मनुष्य तनाव एवं दूषित मन के साथ अस्वस्थ शरीर लेकर अपनी जीवन यात्रा कर रहे हैं। दूषित मन एवं शरीर का इलाज जब किसी कृत्रिम डॉक्टर से भी सम्भव नहीं हो पाता तब अन्त में मनुष्य अपने इष्ट से शारीरिक अस्वस्थता के लिए प्रार्थना करता है।

शरीर के निर्माण एवं संचालन में पंचमहाभूत का महत्व : मनुष्य का शरीर ब्रह्माण्ड का अंश एवं उसका छोटा स्वरूप है जो प्रकृति अर्थात् सृष्टि में उपलब्ध पंचमहाभूतों से बना है। शरीर का स्थूल हिस्सा पृथ्वी तत्व, शरीर के निचले हिस्से में जल तत्व, मध्य में अग्नि तत्व तत्पश्चात् वायु तत्व तथा शरीर के मस्तिष्क भाग में आकाश तत्व का क्षेत्र है। अग्नि तत्व गर्म एवं तीव्र प्रकृति का होता है जैसे दृष्टि, नजर, शरीर की ऊष्मा, रंग, चमक, क्रोध एवं साहस आदि। जल तत्व तरल मुलायम, चिकने एवं ठण्डे प्रकृति का होता है जैसे लिम्फ, रक्त, मांसपेशियाँ, जीभ, वसा, कफ, पित्त, मूत्र एवं वीर्य आदि। वायु तत्व शरीर की गति को नियंत्रित करता है जैसे गति, नाड़ी, तंत्रिका, श्वसन एवं आँखों का खुलना-बन्द होना जैसी गतिविधियाँ। आकाश तत्व दो अंगों के मध्य के खाली स्थान का निर्माण करता है और इसी से सम्पूर्ण शरीर के अंग चलायमान/गतिशील होते हैं तथा शरीर को खड़ा होने एवं बैठने आदि में सन्तुलन प्रदान करता है। ब्रह्माण्ड के ये पंचमहाभूत बिना किसी स्वार्थ, भेदभाव तथा बिना विश्राम किये

अनवरत जनकल्याण के लिए सेवा करते हैं। यह पृथ्वी तत्व मानव शरीर का आधार, जल शरीर में द्रव्य रूप, वायु प्राण ऊर्जा के रूप में तथा अग्नि पाचन तंत्र का संचालन सहित अग्नि सभी दूषित तत्वों का शुद्धिकरण करती है। आकाश तत्व शारीरिक सन्तुलन बनाता है तथा चेतना रूपी शिव की ऊर्जाओं से मन का संचालन कर मनुष्य को जीवनयापन के लिए आवश्यकताओं की पूर्ति में बुद्धि के माध्यम से सहयोग प्रदान करता है।

जीवनलीला की समाप्ति के पश्चात् पुनः अपने तत्वों में विलीन हो जाते हैं पंचमहाभूत : गोस्वामी तुलसीदास जी ने रामचरितमानस के किष्किंधा काण्ड में लिखा है कि -

क्षिति जल पावक गगन समीरा।

पंच रचित यह अधम शरीरा।।

यहाँ इस बात को कहने का तात्पर्य यह है कि मनुष्य में अहंकार नहीं होना चाहिए क्योंकि पंचमहाभूतों से बना यह शरीर नश्वर है और इस नश्वर शरीर का अन्तिम प्रारब्ध तो इसका पंचमहाभूतों में विलीन होना है। जो पंचमहाभूत आपस में मिलकर मानव शरीर का सृजन एवं संचालन करते हैं, वे सभी तत्व मृत्यु के समय शरीर से अलग होकर अपने-अपने तत्वों में विलीन हो जाते हैं। शरीर के दाह के समय अग्नि अपने अंश को अपने तत्व में विलीन करती है, शरीर का जल वाष्प बनकर एवं अवशेष जो जल में प्रवाहित होते हैं, जल तत्व में विलीन हो जाते हैं। वायु तत्व प्राणवायु को अपने तत्व में समाहित करती है। शरीर की राख एवं धुएं को वायु तत्व की सहायता से आकाश अपने तत्व में विलीन कर लेता है तथा अवशेष अस्थियाँ एवं राख अपने मूल पृथ्वी तत्व में विलीन हो जाती है।

पंचमहाभूत एक दूसरे के पूरक तथा उनके असंतुलन का प्रभाव : यदि पृथ्वी पर जल की मात्रा कम है तो पृथ्वी जल को अपने में समाहित कर लेती है और यदि जल की मात्रा अधिक है तो पृथ्वी जल में विलीन हो जाती है। इसी प्रकार जल की अधिकता अग्नि के ताप को समाप्त कर देती है और यदि जल की मात्रा कम हो तो अग्नि उसे अपने ताप में समाहित कर वाष्प बना देती है। अग्नि का वेग यदि अधिक हो तो वायु के नम स्वरूप को गर्म कर देती है और यदि वायु में नमी अधिक है तो वह अग्नि को अपने तत्व में समाहित कर शान्त कर देती है। आकाश तत्व अपनी ऊर्जा से सभी तत्वों को प्रभावित करता है क्योंकि शेष चारों तत्वों की उत्पत्ति का आधार आकाश तत्व ही है।

मानव शरीर में जिस तत्व का असंतुलन होता है उसी तत्व से सम्बन्धित अंगों में समस्या पैदा हो जाती है। हालांकि प्रकृति ने शरीर का सृजन ही ऐसा किया है कि यदि वह प्रकृति से उर्जित होता रहे तो उसे किसी प्रकार के कृत्रिम इलाज की आवश्यकता नहीं पड़ती क्योंकि शरीर में किसी प्रकार का दोष होने पर शरीर उसे स्वतः ठीक करने में सक्षम भी है परन्तु मानव अज्ञानी बनकर अनियंत्रित भोजन, दूषित जल, दूषित वायु एवं ताप लेकर जब अपना जीवन जीता है तो उसके शरीर के तत्व दूषित हो जाते हैं जिनका शुद्धिकरण करने का प्राविधान प्रकृति में है। वैसे तो तत्वों के सन्तुलन के लिए आयुर्वेद में योग एवं पंचकर्म सहित कई चिकित्सा पद्धतियाँ हैं परन्तु मेरा मत है कि प्रकृति से सम्बन्धित तत्व की सीधे ऊर्जा लेकर उस तत्व को सन्तुलित करना अधिक श्रेयस्कर है। मनुष्य के हाथों की अंगुलियों में प्रत्येक तत्व का प्रतिनिधित्व होता है उसकी मुद्राओं के माध्यम से पंचमहाभूतों का शुद्धिकरण कर उन्हें सन्तुलित करके शरीर को

आरोग्य बनाया जा सकता है।

पृथ्वी तत्व के सन्तुलन से शरीर के रोगों का इलाज : पृथ्वी तत्व की कमी से शरीर की जीवनी, जैविक बल तथा विटामिन की कमी आदि प्रभावित होती है। इस तत्व का सन्तुलन प्राकृतिक रूप से पृथ्वी तत्व से सीधे सम्पर्क रखना, पृथ्वी से उपजे अन्न से बने भोजन का आदर एवं नमन कर स्वच्छ मन से भोजन ग्रहण करने से इस तत्व का प्राकृतिक सन्तुलन होता है। इसके अतिरिक्त मनुष्य के हाथ की अनामिका अंगुली पृथ्वी तत्व का प्रतिनिधित्व करती है। इस अंगुली के अग्र भाग को अपने अंगूठे के अग्र भाग से मिलाने अर्थात् पृथ्वी मुद्रा से पृथ्वी तत्व का सन्तुलन होता है। इसके सन्तुलन से शरीर में स्फूर्ति, कान्ति और तेज आता है, जीवन शक्ति, पाचन शक्ति, सात्विक गुणों में विकास के साथ ही मस्तिष्क में शान्ति एवं विटामिन की कमी दूर होती है।

जल तत्व के सन्तुलन से शरीर के रोगों का इलाज : जल शरीर में नमी रखता है, शरीर को लचीला बनाता है, रक्त एवं वीर्य आदि तत्वों को शरीर के अंगों में प्रवाहित करने में सहयोग करता है तथा शरीर के जहरीले तत्वों को मल-मूत्र एवं पसीने के माध्यम से शरीर से बाहर करता है। प्राकृतिक रूप से इस तत्व को सन्तुलित करने के लिए प्यास लगने पर प्यास के अनुरूप ही शुद्ध जल ग्रहण करना चाहिए अर्थात् न तो प्यास से अधिक और न ही प्यास से कम मात्रा में जल ग्रहण करना चाहिए। इसके अतिरिक्त मनुष्य के हाथ की कनिष्ठा अंगुली जल तत्व का प्रतिनिधित्व करती है, इस अंगुली को अपने अंगूठे के अग्र भाग से मिलाने अर्थात् वरूण मुद्रा से जल तत्व को संचालित कर इसके असन्तुलन से होने वाले शारीरिक रोगों को ठीक किया जा

सकता है। इसके सन्तुलित रहने से शरीर का चर्म रोग, रक्त विकार एवं मुहासे आदि रोग नहीं होते हैं तथा त्वचा हमेशा मुलायम एवं चमकदार बनी रहती है।

वायु तत्व के सन्तुलन से शरीर के रोगों का इलाज : वायु तत्व के असन्तुलन से शरीर में लकवा, गठिया, संधिवात, घुटने, गर्दन एवं रीढ़ के दर्द आदि रोग होते हैं। इस तत्व के शुद्धिकरण एवं प्राकृतिक सन्तुलन के लिए मनुष्य को प्रातः किसी बाग, पार्क या नदी किनारे जाकर स्वच्छ वायु स्नान करना चाहिए तथा बैठने एवं लेटने की स्थिति में शरीर एकदम सीधा रहे जिससे वायु का प्रवाह फेफड़ों सहित पूरे शरीर में पर्याप्त एवं अनवरत होता रहे। इसके अतिरिक्त मनुष्य के हाथ की तर्जनी अंगुली वायु तत्व का प्रतिनिधित्व करती है इसलिये तर्जनी अंगुली के अग्रभाग को अंगूठे के अग्रभाग से मिलाने अर्थात् वायु मुद्रा से वायु तत्व का सन्तुलन कर इस तत्व से सम्बन्धित होने वाले रोगो से छुटकारा पाया जा सकता है।

अग्नि तत्व के सन्तुलन से शरीर के रोगों का इलाज : अग्नि तत्व के सन्तुलन से पाचन तंत्र, हृदय रोग, त्वचा, किडनी तथा शरीर की रोग प्रतिरोधक क्षमता प्रभावित होती है। इस तत्व के प्राकृतिक सन्तुलन के लिए मनुष्य को भोजन ग्रहण करते समय जल का सेवन नहीं करना चाहिए। आधे-एक घण्टे के अन्तराल पर ही जल ग्रहण करना चाहिए एवं प्रातःकाल खुले आसमान के नीचे बैठकर पूरे शरीर को सूर्य स्नान कराना चाहिए। इसके अतिरिक्त मनुष्य के हाथ का अंगूठा अग्नि तत्व का प्रतिनिधित्व करता है इसलिये अनामिका अंगुली को अंगूठे के मूल भाग में लगाकर उसको अंगूठे से दबायें अर्थात् सूर्य मुद्रा से अग्नि तत्व

का शुद्धिकरण एवं सन्तुलन करके इससे होने वाले समस्त रोगों से छुटकारा पाया जा सकता है।

आकाश तत्व के सन्तुलन से शरीर के रोगों का इलाज : आकाश तत्व के असन्तुलन से मस्तिष्क रोग, मानसिक तनाव एवं अवसाद के साथ ही शारीरिक सन्तुलन प्रभावित होता है अर्थात् मनुष्य ठीक से खड़ा एवं बैठ भी नहीं सकता। इस तत्व का प्राकृतिक रूप से शुद्धिकरण एवं सन्तुलन करने के लिए दिनभर में एक बार ध्यान मुद्रा में बैठकर मेडिटेशन कर शरीर एवं दिमाग को खाली करना चाहिए तथा प्रातःकाल खुले आकाश के नीचे बैठकर ध्यान लगाकर आकाश देवता से ऊर्जा मांगनी चाहिए। समय-समय पर किसी देवालय में अथवा अपने आवास पर हवन-पूजन आदि करते रहना चाहिए। मनुष्य के हाथ की मध्यमा अंगुली आकाश तत्व का प्रतिनिधित्व करती है इसलिये मध्यमा अंगुली के अग्रभाग को अपने अंगूठे के अग्रभाग से मिलाकर अर्थात् आकाश मुद्रा के माध्यम से इस तत्व का सन्तुलन कर इससे होने वाले समस्त रोगों से छुटकारा पाया जा सकता है।

कुछ महत्वपूर्ण जानकारी : उक्त मुद्राओं के अतिरिक्त भी कई अन्य मुद्रायें हैं जिसका प्रयोग कर मनुष्य अपने शरीर के कई रोगों को ठीक कर अपने शरीर को रोगमुक्त कर सकता है।

- समस्त मुद्राओं को आवश्यकता के आधार पर मुद्रा से लाभ प्राप्त हो जाने तक ही करें।
- मुद्रा लगाते समय जिन अंगुलियों को आपस में मिलाना है केवल उन्हें ही आपस में मिलायें अन्य अंगुलियाँ एकदम सीधी रहनी चाहिए।
- मुद्रा करते समय एकांत में और सम्भव हो तो प्रातः एवं

सायंकाल खुले आकाश के नीचे स्वच्छ हवा में आँख बन्द कर अपने मन को इन्ही मुद्रा वाली अंगुलियों पर केन्द्रित करना चाहिए।

- एक बार में अधिकतम 15-20 मिनट तक ही मुद्रा योग करना श्रेयस्कर होगा।
- चलते-फिरते, खाते-पीते, अस्वच्छ मन एवं नकारात्मक भाव के साथ किसी भी मुद्रा का प्रयोग किया जाना वर्जित है अन्यथा इसके नकारात्मक परिणाम भी हो सकते हैं।
- अंगूठे का प्रयोग समस्त मुद्राओं में इसलिये होता है क्योंकि अंगूठा अग्नि तत्व का प्रतिनिधित्व करता है और अग्नि का स्वभाव शुद्धिकरण करना है अतएव किसी भी मुद्रा में जब अंगुली का स्पर्श अंगूठे से कराया जाता है तो उक्त अंगुली से सम्बन्धित तत्व का शुद्धिकरण हो जाता है।

पंचमहाभूत का विषय अत्यन्त व्यापक है इसलिये शब्दों की सीमा को ध्यान में रखते हुए इनसे सम्बन्धित तत्वों की केवल मूल जानकारी ही मैने पिछले लेख "पंचमहाभूत एवं मानव शरीर" में दी थी। इस लेख में भी शब्दों की सीमा के कारण ही पंचमहाभूतों के कार्य तथा उनका सन्तुलन एवं शुद्धिकरण कर शरीर को निरोगी बनाने के लिए संक्षिप्त विश्लेषित लेख प्रस्तुत है।

जय आदिशक्ति – जय परमपिता परमेश्वर

इच्छाओं की पूर्ति का साधन है "पंचमहाभूत"

भौतिक जगत की जीवंतता का मूल पंचमहाभूत तत्व है, इन्हीं पंचतत्वों से मनुष्य शरीर का सृजन होता है और शरीर के संचालन तथा इसकी समाप्ति के कारक भी पंचमहाभूत ही हैं। जब गहराई से इनके गुणों एवं कार्यो का अध्ययन करेगें तो पायेंगे कि वास्तव में यही पंचमहाभूत अपने जादुई एवं मायारूपी प्रपंच से ही जगत का संचालन करते है।

- **जीव की इच्छा का पूर्ति का साधन है पंचमहाभूत।**

पंचतत्व संसार में किसी जीव (चेतन) की इच्छा के अनुरूप उसके लिए देह (शरीर) का सृजन करते है तथा इस सृजित देह में ही आत्मा के रूप में जीव निवास करता है। यही नहीं, पंचतत्व अपने तत्वों तथा उन तत्वों के अधीन पंच ज्ञानेन्द्रियों अग्नि तत्व रूपी आँख, पृथ्वी तत्व रूपी नाक, आकाश तत्व रूपी कान, जल तत्व रूपी जीभ तथा वायु तत्व रूपी त्वचा के माध्यम से क्रमशः आँख से देखकर, नाक से गंध सूंघकर, कान से सुनकर, जीभ से स्वाद लेकर तथा त्वचा से स्पर्श की अनुभूति कर चेतनरूपी मन के अन्दर भौतिक कर्मो हेतु विषय की उत्पत्ति करने में सहायता

करते है। विषयक ज्ञान प्राप्त होने के उपरांत पंचमहाभूत तत्वों वाले शरीर की पाँच कर्मेन्द्रियाँ हाथ, पैर, मुख, गुदा एवं लिंग के माध्यम से इच्छारूपी विषयक कर्म का कारक बनती है, अर्थात् जीव की प्रत्येक इच्छा का ज्ञान एवं उसकी उपलब्धि का साधन पंचतत्व ही है।

- **पंचमहाभूत अपने प्रपंच से माया रूपी शरीर रचते है।**

जीव (चेतन) की इच्छा के अनुरूप उसके लिए देह (शरीर) के सृजन का कार्य भी पंचतत्व एकदम जादुई एवं माया रूप में प्रत्यक्ष करते है जो कि अभी तक मानव ज्ञान की सीमा से परे है अर्थात् इन्हीं पंचमहाभूतों के प्रपंची माया से ही संसार में जन्मित प्रत्येक जीव के शरीर की बनावट, शरीर के अंग, शरीर का भार, लम्बाई–चौडाई, रंग–रूप, बोली–भाषा, आचरण–सभ्यता एवं प्रकृति आदि सभी एक दूसरे से भिन्न होती है।

- **प्रारब्ध कर्म चक्र के सृजन एवं क्रियान्वयन के कारक हैं पंचमहाभूत तत्व।**

संसार में मनुष्य अपने मन में जिस प्रकार के भावों को लेकर कर्म करता है उन्हीं भावों के अनुरूप मनुष्य के प्रारब्ध कर्म की पटकथा (स्क्रिप्ट) पंचतत्व लिखते रहते है तथा इसी पटकथा के आधार पर उसके प्रारब्ध के अनुरूप जब जो अच्छा अथवा कष्टप्रद कर्म होना होता है उसी के अनुरूप ग्रह–नक्षत्रों की ऊर्जा मनुष्य के भवसागर में तरगों के रूप में उस कर्म के लिए भावरूपी इच्छाओं को उत्पन्न करते हैं। उसके प्रभाव में ही मनुष्य अपने प्रारब्ध कर्म के अनुरूप कर्म करने का स्वयं ही माध्यम बनता है। यह सभी प्रक्रिया पंचमहाभूत अपने गोद में स्वयं साधन एवं सुविधा बनकर पूरी करते है।

- **मनुष्य के सुख एवं दुःख के कारक है पंचमहाभूत।**

प्रत्येक मनुष्य के शरीर में पंचतत्वों, तीन गुणों (सत्, रज् एवं

तम्) तथा तीन विकारों (वात, पित्त एवं कफ) के अलग–अलग अनुपात में गुणों की उपस्थिति होती है। इन्हीं कारणों से प्रत्येक मनुष्य का आचरण, स्वभाव एवं प्रकृति–प्रवृत्ति अलग–अलग प्रकार की होती है। भगवान श्रीकृष्ण जी ने महापवित्र ग्रंथ **"गीता"** के माध्यम से संदेश दिया है कि मनुष्य को अपनी प्रकृति की पहचान कर उसी प्रकृति के वातावरण एवं गुणों के साथ जीवन यापन करना चाहिए तभी वह वास्तविक सुखों के साथ जीवन जी सकता है और जब भी वह अपनी मूल प्रकृति से भटकता है तो उसके पंचतत्व, त्रिगुण एवं त्रिविकारों मे असंतुलन उत्पन्न होता है जो मनुष्य के दुःखों एवं कष्टों का कारण बनता है।

- **उत्पन्न दुःखों एवं कष्टों के निवारण का माध्यम है पंचमहाभूत।**

भौतिक जगत में मनुष्य के सामने दुःख अथवा कष्ट का प्रभाव सबसे पहले उस व्यक्ति के शरीर पर पड़ता है जिससे उसका शरीर कमजोर एवं रोगग्रस्त हो जाता है। चूँकि मनुष्य शरीर पंचकोश (अन्नमय, प्राणमय, मनोमय, विज्ञानमय एवं आनंदमय) में से मूलतः अन्नमय एवं प्राणमय कोश से जीवंत रहता है, तत्पश्चात अन्य तीन कोश शरीर के साथ कर्मों के संचालन में अपना योगदान देते है। अन्नमय कोश पृथ्वी तत्व तथा प्राणमय कोश जल तत्व का हिस्सा हैं, इसीलिए शरीर की स्वस्थता अर्थात् पंचतत्व, त्रिगुण अथवा त्रिविकारों के असंतुलन को संतुलित कर शरीर को उसकी मूल प्रकृति में लाने के लिए पृथ्वी तथा जल से उत्पन्न होने अन्न एवं वनस्पतियों से ही जड़ी–बूटियों और सभी प्रकार की औषधियों का प्रयोग विभिन्न प्रकार के डॉक्टर एवं अस्पताल करते है। वैद्यगण नाड़ी एवं स्वभाव का अध्ययन कर तथा एलोपैथिक डॉक्टर आधुनिक जाँच करके तत्वों के अंसतुलन का ज्ञान प्राप्त कर उपचार का माध्यम बनते हैं। इस प्रकार यहाँ भी पंचमहाभूत के पंचतत्वों की ही भूमिका प्रमुखतः प्रत्यक्ष होती है।

- **पंचमहाभूत अपार शक्तिशाली, महाविनाशक होते हुए भी उनका भाव विनम्र।**

आकाश, अग्नि, वायु, जल एवं पृथ्वी तत्व संसार में सर्वशक्तिमान एवं महाविनाशक तत्व है फिर भी यह अपनी विनम्रता से संसार के हर जीव की इच्छा पूर्ति का निःस्वार्थ माध्यम बनकर निरंतर सेवा करते रहते हैं। ये अपने संतुलन से ही संसार में तमाम जीवन उपयोगी वस्तुओं, प्रगतिपूर्ण संसाधनो का माध्यम भी बनते है जैसे जल एवं वायु से विद्युत तथा विद्युत से अन्य संसाधनों की उत्पत्ति तथा अग्नि अपने स्वभाव से भोजन से ऊर्जा में परिवर्तन सहित तमाम वस्तुओं के आकार बदलने में सहायक बनती है। परन्तु यह सभी अथवा इनमें से कोई एक तत्व ही अंसतुलित हो जाय तो ब्रह्माण्ड में बाढ़, भूकम्प, अग्निकाण्ड, अति जलवृष्टि एवं तूफान आदि तबाही एवं महाविनाश का मंजर भी प्रत्यक्ष होता है।

- **विपरीत गुणों (एक दूसरे के विनाशक होने) के बावजूद दूसरों के सुखों के लिए आपसी संतुलन बनाते है पंचमहाभूत।**

पंचमहाभूत के पाँचों तत्व एक दूसरे के सृजन एवं विनाशक है अर्थात जल से वनस्पति तथा वनस्पति से ऑक्सीजन (प्राणवायु) का सृजन होता है परन्तु वहीं जल तत्व अग्नि तत्व का विनाश कर देती है और यदि जल तत्व की तुलना में अग्नि तत्व की अधिकता हो तो अग्नि तत्व जल तत्व का विनाश कर उसे वाष्प बनाकर वायु में समाहित कर देती है। इसी प्रकार वायु तत्व अपने प्रवाह से अग्नि की गति को नियंत्रित करती है परन्तु अग्नि तत्व वायु तत्व के वातावरण में परिवर्तन करने में सक्षम है। इसी प्रकार पृथ्वी तत्व में जल की अधिकता होने पर पृथ्वी तत्व जल में विलीन हो जाता है तथा यदि पृथ्वी तत्व की अधिकता हो जाय तो पृथ्वी में जल तत्व का अस्तित्व ही समाहित हो जाता है, ऐसे में जल एवं वायु रूपी वनस्पतियाँ ही पृथ्वी तत्व को फाड़कर उसका विनाश करती हैं। यह अनुकरणीय है कि इन पंचतत्वों में

इतना अधिक विषयक विरोध होने के बावजूद भी पंचतत्व आपस में संतुलन बनाकर एक–दूसरे के पूरक बनकर सकारात्मक एवं प्रगतिपूर्ण कार्यों में अनवरत अपना योगदान करते रहते हैं।

- **सुखमय एवं कष्टमुक्त जीवन के लिए सीख का विषय है पंचमहाभूत।**

वर्तमान समाज में भौतिकता ने आध्यात्म को महत्वहीन बना दिया है। वास्तव में अध्यात्म ही हमें यह बोध कराता है कि हम कौन है, हमारी उत्पत्ति कैसे और क्यों हुई तथा हम जिन तत्वों एवं प्रकृति के साथ जन्मित हुए हैं उसको जीवन में कैसे संतुलित रखकर सुखमय जीवन यापन किया जा सकता है। वर्तमान समाज में किसी रंग अथवा पंथ विशेष के प्रवचन या फिर विभिन्न कहानियों के प्रेरक प्रसंगों को ही अध्यात्म समझ लिया जाता है जबकि ऐसा कदापि नहीं है। यदि अध्यात्म का मूल प्रारम्भिक शिक्षा में हो तो न केवल व्यक्ति सुख एवं समृद्धिपूर्ण जीवन जी सकेगा बल्कि अपनी प्रकृति एवं गुणों से दूसरों के दुःख दूर करने में सहायक भी हो सकेगा।

- **पंचमहाभूत के अध्यात्म का ज्ञान रखकर अपने प्रारब्धकर्म की पटकथा को स्वयं लिपिबद्ध किया जाना संभव।**

पंचतत्वों से सृजित मानव शरीर में **वायु**– हृदय की धड़कन बनकर सम्पूर्ण शरीर में रक्त का प्रवाह करने, **जल**– शरीर में रक्त के निर्माण में सहायक बनने तथा शरीर को लचीला बनने सहित भावनाओं को नियत्रिंत करने, **पृथ्वी**– शरीर का निरंतर आधार बनकर धैर्य बनकर, **अग्नि**– शरीर की पाचन शक्तियों, इच्छा शक्ति एवं शरीर को सक्रियता देने और **आकाश**– शरीर के रिक्त स्थान में रहकर शरीर को खड़े होने–बैठने एवं चलने में संतुलन बनाने के साथ ही ब्रह्माण्डीय ऊर्जा से शरीर की आंतरिक आवश्यकताओं की पूर्ति हेतु उर्जित करने का कार्य करता है।

यदि **पंचतत्व की सृजन, संचालन एवं संहारक विधाओं का अध्ययन कर उसका उपयोग समझ लिया जाय तो व्यक्ति अपने प्रारब्ध के रूप में पूर्व तय कष्टप्रद कर्मो को परिवर्तित करने में भी सक्षम हो सकता है** क्योंकि व्यक्ति के कर्मो का क्रियान्वयन उसके अन्तर्मन में उत्पन्न इच्छित भावों के फलस्वरूप ही होता है। प्रारब्ध कर्मो के अनुसार ग्रह एवं नक्षत्र के प्रभाव से वर्तमान कर्म के लिए मानव शरीर की भावनाओं में इच्छारूपी तरंगे उत्पन्न होती हैं तभी व्यक्ति उसी प्रकार के कर्म के लिए आगे बढ़ता है। यदि मनुष्य अपनी भावनाओं पर योग, ध्यान और नियमपूर्वक जीवन शैली अपनाकर पूर्ण नियंत्रण कर ले तो संभव है कि वह प्रारब्ध कर्मो हेतु उठने वाली नकारात्मक भाव रूपी तरंगों को अपने वश में करके अपने प्रारब्ध कर्म की पटकथा में कुछ हद तक परिवर्तन कर सकता है।

संसार में कहावत है कि योगी की कुण्डली नहीं देखी जाती क्योंकि योगी अपनी योग साधना, ध्यान और मेडिटेशन से भवसागर (भावनाओं का सागर) को पार कर लेता है अर्थात् एक योगी भावनाओं के सागर पर अपना नियंत्रण स्थापित करके अपने प्रारब्ध कर्म में स्वयं बदलाव कर लेता है। इसीलिये समाज में कई उदाहरण देखने को मिलते हैं कि योगियों के शरीर पर वातावरण का अधिक असर नहीं पड़ता, साथ ही वे सदैव स्वस्थ रहकर सैकड़ो/हजारों वर्ष का जीवन जीने में सक्षम हो जाते हैं। चूँकि पंचमहाभूत के प्रपंच एवं मायारूपी स्वभाव से जीवन की सभी घटनाएं उसकी गोद में ही होती हैं, इस कारण पंचमहाभूत की समझ पैदा करके अपने भवसागर पर नियत्रंण करने का प्रयास करना चाहिए।

जय माता आदिशक्ति – जय भोलेनाथ

मनुष्य का मन एवं उसकी शक्तियाँ

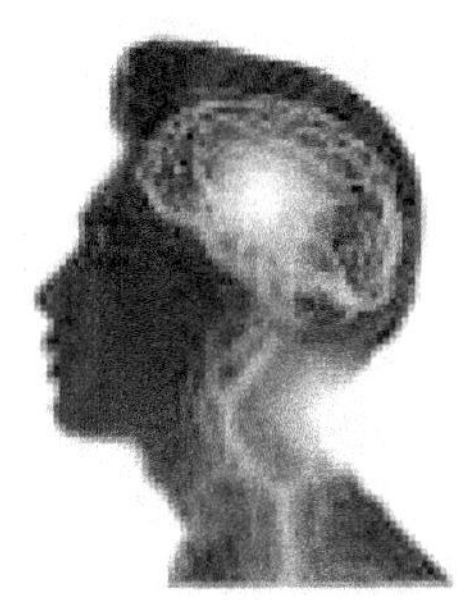

सर्वविदित है कि ईश्वर का अंश एक है और वह अपने उसी अंश से सृष्टि के सृजन से लेकर विनाश तक अलग-अलग रूप में अपनी भूमिका का निर्वहन करता है। मनुष्य का ब्रह्माण्ड तुल्य स्थूल शरीर भी उसी ईश्वरीय अंश रूपी पंचतत्वों से सृजित है। मनुष्य के स्थूल शरीर के मस्तिष्क में चेतना रूपी शिव के अंश से ही नाभि में ब्रह्मा स्थान तथा हृदय में विष्णु रूप में स्थापित होकर क्रमशः सृजन एवं ब्रह्माण्ड रूपी शरीर के संचालन का दायित्व निभाते हुए स्वयं चेतना कैलाश रूपी मस्तिष्क में अन्तःचतुष्टय इन्द्रियों अर्थात् मन, बुद्धि, चित्त एवं अहंकार का जन्मदाता बनकर मानव जीवन यात्रा में अपनी भूमिका का निर्वहन करता है।

मनुष्य शरीर में अलग-अलग भूमिकाओं में सभी में इसी प्रकार ईश्वरीय अंश की शक्ति विद्यमान है जिनके अलग-अलग दायित्व एवं महत्व हैं। इसी में एक महत्वपूर्ण एवं अत्यन्त ही शक्तिशाली अंश है ''**मन**'' जो कि मनुष्य की जीवन यात्रा में उसके उद्देश्यों की प्राप्ति में महत्वपूर्ण भूमिका निभाता है, कहावत है कि ''**मन के जीते जीत है, मन के हारे हार**'' इसका अभिप्राय यह है कि यदि मन पर नियंत्रण पा लिया जाय तो मनुष्य बड़ी से बड़ी अकल्पनीय शक्तियों का धारक बन जाता है, यहाँ तक कि देवत्व की शक्तियों

सहित मुक्ति के साधन भी सम्भव हैं। उदाहरणार्थ - मन यदि उर्जित है अर्थात् ऊर्जा से भरपूर है तो मनुष्य बड़ी से बड़ी आश्चर्यजनक घटनाओं को अंजाम दे जाता है, चाहे वह एवरेस्ट की चढ़ाई हो अथवा कोई असम्भव सा दिखने वाला अकल्पनीय सेटेलाइट एवं परमाणुयुक्त यंत्रों का आविष्कार करना हो परन्तु यदि मन कमजोर हो तो मनुष्य का शरीर उस कर्म के लिए स्वतः निष्क्रिय एवं शिथिल हो जाता है।

मनुष्य का "मन" ही मस्तिष्क के माध्यम से शरीर की समस्त तत्रिंकाओं में पुरूष (चेतना) एवं प्रकृति (आदिशक्ति) दोनों की संयुक्त उर्जा का संचार करता है उदाहरण के रूप में समझा जा सकता है कि यदि किसी मनुष्य को प्यास लगी है और मन सक्रिय है तो प्यास बुझाने के लिए उसका शरीर एवं उसकी इन्द्रियां जल ग्रहण करने की समस्त क्रियाओं में सक्रिय हो जाती है परन्तु यदि किसी मनुष्य को प्यास तो लगी हो परन्तु मन शिथिल एवं निष्क्रिय हो तो उसका शरीर एवं आवश्यक अंग भी स्वतः निष्क्रिय हो जाते हैं और वह अपेक्षा करता है कि कोई दूसरा व्यक्ति जल लाकर उसके मुख में डाल दे। दूसरे शब्दों मे स्थूल एवं सूक्ष्म शरीर की ऊर्जा के संतुलन का माध्यम भी "मन" ही होता है इसीलिए मानव शरीर को रथ तथा उसकी 10 इन्द्रियों को रथ के 10 घोड़े तथा मन को उस रथ का लगाम अथवा सारथी कहा जाता है, मन संसार में सबसे अधिक शक्तिशाली एवं गतिमान एवं बेलगाम अंश होता है एवं सदैव वह शरीर एवं इन्द्रियों को वश में करने के लिए लालायित रहता है।

मनुष्य में मन के दो रूप होते है जिसे प्रबन्धकीय शिक्षा में "**चेतन**" एवं "**अवचेतन**" मन कहा जाता है परन्तु अध्यात्म में इसको सूक्ष्म एवं वाह्य मन की संज्ञा दी जाती है, सूक्ष्य मन सुषुप्तावस्था में रहता है तथा वाह्य मन अधिकांशतः आवश्यकता के स्थान पर

इच्छाओं के विकल्प का चयन करता है तथा आलस्य, काम, क्रोध, मोह, लोभ, अहंकार, ईर्ष्या, छल, कपट, द्वेष के विकारों से ओतप्रोत रहता है, उसकी एक इच्छा की पूर्ति होते ही वह उससे बड़ी अथवा दूसरी कई इच्छाओं की लिस्ट प्रस्तुत करता रहता है तथा इन्हीं विकारों के कारण मनुष्य अशांत रहता है। सूक्ष्म मन एकदम शांत, निर्मल एवं पवित्र एवं सृजनात्मक होता है, यदि वाह्य मन को नियत्रिंत कर सूक्ष्म मन से जीवन संचालन का प्रयास किया जाय तो मनुष्य को इन विकारों से मुक्ति मिल जाती है और तब वाह्य मन भी अपनी इच्छाओं के स्थान पर केवल आवश्यकताओं की पूर्ति के लिए ही क्रियाशील रहता है, सूक्ष्म मन की सक्रियता से मन शांत होता है एवं अर्न्तमन में भरा उर्जा भंडार जागृत होकर मनुष्य में सृजनात्मक एवं आश्चर्यजनक अलौकिक शक्ति की सिद्धियों का स्वामी बना देता है।

वाह्य मन के विचारों को नियंत्रित कर सूक्ष्म मन की ओर केन्द्रित करने के लिए विकारयुक्त विचारों का परित्याग करना होता है जिसके तीन चरण होते है विचारों का दर्शन, विचारों की सर्जरी एवं तत्पश्चात विचारों का विसर्जन।

• **विचारों का दर्शन** अर्थात अपने मन के बारे में पूर्णतया अध्ययन एवं विश्लेषण कर यह जानकारी प्राप्त करना कि उसके मन में किस प्रवृत्ति के विचारों की प्रधानता अधिक है, किन प्रदूषित अर्थात विकारपूर्ण विचारों से हमारा कर्म प्रभावित होता है तथा किन विचारों को अपनाकर सूक्ष्म मन को सक्रिय किया जा सकता है।

• **विचारों की सर्जरी** अर्थात अपने मन के विचारों का दर्शन करने के पश्चात् किन प्रदूषित विकारपूर्ण विचारों को परित्याग करना है तथा किन विचारों को प्राथमिकता देना है उसके लिए सर्जरी की योजना बनाकर सर्वप्रथम आँखों को बन्द कर **"ध्यान**

मुद्रा'' (अंगूठे के ऊपरी हिस्से को तर्जनी के ऊपरी हिस्सें को मिला लें) में किसी शांत स्थान पर बैठकर विचारों के केन्द्रबिन्दु अर्थात ललाट में दोनों भौंहों के मध्य स्थित ''आज्ञा चक्र'' पर अपना ध्यान केन्द्रित कर उन विचारों की गति एवं विचारों में भटकाव को पढ़ने का प्रयास करें, कदापि मन के बहकावे को रोकने का प्रयास न करे अपितु मन में उत्पन्न विचारों पर अधिक से अधिक ध्यान केन्द्रित कर मन को थकाने का प्रयास करें, कुछ समय पश्चात् आप पायेंगे कि आपका बाहरी मन थककर विचार शून्य होकर धीरे-धीरे मन एवं शरीर हल्का होता जायेगा तथा शरीर अर्धनिद्रा अवस्था में आ जायेगा, उस समय शवासन मुद्रा में लेटकर (शरीर के सभी अंग ढीला कर सीधा लेट जायें) संजीवनी मुद्रा (तर्जनी उंगली को अंगूठे के नीचे भाग में लगावें तथा मध्यमा के अग्र भाग से मिलावें, छोटी उंगली को एकदम सीधा रखें) का उपयोग कर अपनी धीमी श्वांसों पर ध्यान केन्द्रित करें, कुछ समय पश्चात आप स्वच्छन्द रूप से निद्रा में चले जायेंगे और जब उठेंगे तो महसूस करेंगे कि आपका मन एकदम शान्त, विचारों से शून्य तथा शरीर हल्का होगा और आप पायेंगे कि आपने अपने मन से प्रदूषित विचारों को पढ़ने एवं उसको विचारों से हटाने की विद्या प्राप्त कर ली है।

• **विचारों का विसर्जन** यह क्रिया जागृत एवं ध्यान दोनों ही अवस्था में की जा सकती है अर्थात् जैसे मन में कोई विकारयुक्त विचार उत्पन्न हो तो उसको रोकने का प्रयास न करे बल्कि विचारों का जन्म होने दे परन्तु यह कार्य अवश्य करें कि जैसे ही कोई अनावश्यक आवश्यकताओं के विपरीत अथवा विकारयुक्त विचार उत्पन्न हो उस विचार का तत्काल परित्याग करने की आदत डालते रहे आप पायेगें कि आपने अपने चंचल एवं विकारयुक्त विचारों पर अतिशीघ्र एवं आसानी से विजय प्राप्त कर ली है इस

क्रिया के पश्चात आपका वाह्य मन धीरे धीरे कमजोर पड़ता जायेगा तथा सूक्ष्म मन सक्रिय होता चला जायेगा।

"**मन**" नियंत्रित करने की यह क्रिया अत्यन्त ही व्यावहारिक एवं सरल है, आप एक दिन में ही इस विधि को अपनाने से परिणाम को प्रत्यक्ष होते महसूस कर सकते हैं, ऐसा निरन्तर करते रहने से यह आपके स्वभाव में परिणित हो जायेगा तथा आपका व्यक्तित्व (औरा) इतना वृहद एवं शक्तिशाली हो जायेगा कि आप जिसके समक्ष खड़े होंगे वह आपसे प्रभावित हो जायेगा तथा आप कार्यों की कल्पना से ही कार्य की सम्पन्नता की परिणति अनुभव कर पायेंगे तथा इन सामान्य सी विधा का उपयोग कर मनुष्य अपने सुषुप्त सूक्ष्म मन को जागृत कर दैवीय शक्तियों के उर्जा भण्डार से अलौकिक एवं आश्चर्यचकित करने वाली शक्तियों को हासिल कर अपने जीवन के उद्देश्यों के पूर्ति कर मुक्ति प्राप्त कर सकता है।

प्रार्थना से नियंत्रित होता है मन : यह बात जग जाहिर है कि मनुष्य के जीवन की अधिकाधिक क्रियाएं उसके मन से संचालित होती हैं और वह अपने चंचल मन की प्रबल इच्छाओं के वशीभूत होकर अपने सपनों को साकार करने का भरसक प्रयास करता है। चूँकि इच्छाओं का कोई अन्त नहीं होता है इस कारण जो इच्छित परिणाम प्राप्त होते हैं वो मनुष्य को क्षणिक अर्थात् अस्थायी सन्तुष्टि देते हैं। इसका मूल कारण यह होता है कि एक इच्छा की पूर्ति होते ही नई इच्छा या उससे बड़ी इच्छा का जन्म होता है इसलिये मन से संचालित इच्छाओं की पूर्ति से भी कभी स्थायी आत्मसन्तुष्टि नहीं मिलती है लेकिन आत्मा से उत्पन्न इच्छाएं केवल आवश्यकताओं पर आधारित होती हैं इसीलिये आवश्यकताओं की पूर्ति से आत्मसन्तुष्टि प्राप्त होती है। इच्छाओं को आवश्यकताओं में परिवर्तन करने के लिये व्यक्ति को अपने

मन से इन्द्रियों का संचालन करने के स्थान पर इन्द्रियों का संचालन अपनी आत्मा से करना चाहिए। मनुष्य की आत्मा में परमात्मा का वास होता है इसीलिये आत्मा से उत्पन्न इच्छाओं के आवश्यकताओं की पूर्ति होते ही व्यक्ति को सन्तुष्टि की अनुभूति होती है। इच्छाओं और आवश्यकताओं में सन्तुलन अर्थात् मन और आत्मा में सन्तुलन व्यक्ति को हर कर्म और निर्णय में समाहित करना आवश्यक होता है। इसके लिये बहुत ही सरल उपाय है 'प्रार्थना' अर्थात् व्यक्ति को अपना कर्म करने और निर्णय लेने से पूर्व अपने प्रभु (आत्मा) से परामर्श लेकर उनसे प्रश्नगत कर्म के बेहतर न्याय और धर्मसंगत परिणाम के लिये प्रार्थना करनी चाहिए। प्रार्थना का अर्थ ही है सम्पूर्ण समर्पण, जब कोई मनुष्य ईश्वर के प्रति समर्पण भाव से प्रार्थना करता है तो उस समय वह प्रार्थना कक्ष में अपने आराध्य के सामने आंख बन्द कर समस्त इन्द्रियों का स्वतः समर्पण करके अपनी अन्तरात्मा से जुड़कर ईश्वर के समक्ष होता है। आप स्वयं परीक्षण स्वरूप अपनी इन्द्रीय रूपी आँख को बन्द करके देखें तो स्वतः अपनी अन्तरात्मा से जुड़ जाएंगे और आप ईश्वर की निरन्तर प्रार्थना से इच्छाओं और आवश्यकताओं में सन्तुलन रखकर इन्द्रियों पर नियंत्रण करने में निश्चित ही सहायक होंगे।

ईश्वरीय उपहार है, मनुष्य की "बुद्धि"

"बुद्धिर्यस्य बलंतस्य"

(अर्थात् जिसमें बुद्धिमत्ता है वही बलवान है)

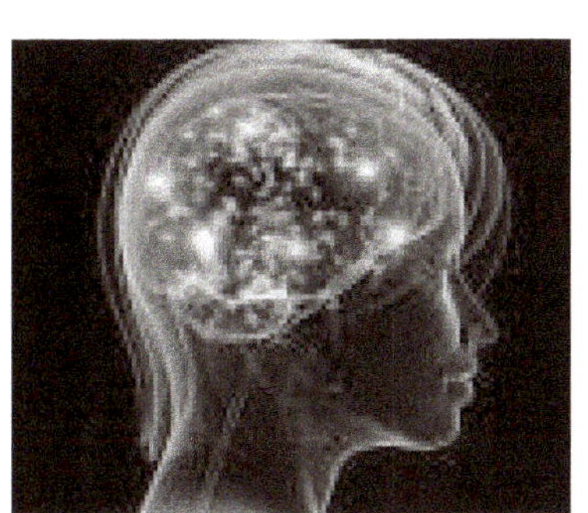

भगवान ने अपने ऊर्जा अंश से सृष्टि तथा विभिन्न जीवों एवं वनस्पतियों को बनाया परन्तु मनुष्य को ईश्वर ने सृजनकर्ता, संचालनकर्ता एवं विनाशकर्ता अर्थात् तीनों शक्तियाँ प्रदत्त की हैं। जिसको मूर्तरूप देने हेतु भगवान ने मनुष्य को अमूल्य उपहार के रूप में **बुद्धि** प्रदत्त की, जिसके कारण ही मानव अन्य प्राणियों में श्रेष्ठ माना जाता है। मनुष्य अपनी अमूल्य बुद्धि का उपयोग कर मानव श्रेणी को देवत्व श्रेणी का तथा सामान्य व्यक्ति को महान् व्यक्तित्व बनाने में सक्षम है। इसी बुद्धि का उपयोग कर मनुष्य ने सुई से लेकर हवाई जहाज जैसी उपयोगी वस्तुओं का सृजन किया, एक मनुष्य ही डाक्टर, इंजीनियर, संत-महात्मा, शिक्षक तथा समाजसेवी आदि बनकर जनकल्याण के कार्यो को मूर्तरूप देता है अर्थात् दूसरे शब्दों में एक मनुष्य दूसरे मनुष्य के जीविकोपार्जन में सहयोग प्रदान कर संचालनकर्ता की भूमिका निभाता है इसके अतिरिक्त उसी मनुष्य ने अपनी बुद्धि के बल पर ही बंदूक से लेकर मिसाइल तथा विस्फोटक सामग्री जैसे विनाशकारी यंत्रो का भी निर्माण भी किया।

मनुष्य की बुद्धि उसकी सामान्य योग्यता होती है जिसके पास किसी विषय अथवा किसी वस्तु के बारे में समझने, सीखने, तर्क करने, चिंतन करने एवं स्मरण रखने की शक्तियों के विशेष गुण विद्यमान होते हैं, फिर भी संसार में कुछ व्यक्ति मंद बुद्धि तथा कुछ बुद्धिमान की श्रेणी में पाये जाते हैं।

बुद्धि का कार्य व्यक्ति के **मन** की इच्छाओं-आवश्यकताओं को मूर्तरूप देने में उसको अच्छाई बुराई बताते हुए उसको उचित निर्णय प्रदत्त करना अर्थात बुद्धि की भूमिका एक न्यायाधीश के समान होती है जो इच्छित कार्य हेतु उसके पास उपलब्ध ज्ञान, अनुभव, प्रमाण, पात्रता, क्षमता एवं परिस्थिति के आधार पर अपना निर्णय प्रदत्त करती है, परन्तु उस निर्णय का पालन करना या न करना पूर्णतया **मन** पर आधारित होता है। **मन** इच्छाओं -आवश्यकताओं की कार्य परिणिति हेतु **चित्त** से प्रभावित रहता है तभी तो मन के साफ होने एवं **बुद्धि** द्वारा सही दिशा देने के बावजूद **मन** अक्सर गलत तरीके से इच्छाओं की पूर्ति करता रहता है। इसको समझने के लिए **चित्त** के विषय में जानना अति आवश्यक है। **चेतना की सूक्ष्म इन्द्रिय के रूप में चित्त** रहता है जिसमें जन्म-जन्मान्तर के हर क्षण के कर्मों, आदतों एवं संस्कारों का डेटा सुरक्षित होता है, इसी डेटा से मनुष्य के दिन प्रतिदिन के कर्म एवं परिणामों का लक्ष्य पूर्ण नियत होता है इसीलिए **चित्त को ही चित्रगुप्त** कहते है। **चित्त** इच्छित कार्य हेतु पूर्व की आदतों एवं संस्कारों के आधार पर ही मन को कार्य करने हेतु प्रेरित करता है अर्थात् बुद्धि के द्धारा सही मार्ग दर्शाने के बावजूद वह चित्त के संस्कारों के आधार पर सुझावित विधि को स्वीकार्य करने हेतु विवश होता है।

मन-बुद्धि एवं चित्त कार्य कैसे करते है, अच्छे संस्कार होते हुए भी बुरे कर्म क्यों हो जाते है तथा अच्छे संस्कार एवं अच्छे कर्म अपनाते हुए भी जीवन में दुःखों का सामना क्यों करना पड़ता है ?

मनुष्य के **मन** में किसी इच्छा या आवश्यकता का जन्म किसी एक अथवा अनेक ज्ञानेन्द्रियों के माध्यम से अर्थात आंख से देखकर, कान से सुनकर, नाक से सुगंध, जीभ से स्वाद लेकर तथा त्वचा को स्पर्श करके होता है, उस जन्मित इच्छा- आवश्यकता को मूर्तरूप देने हेतु वह **बुद्धि** का प्रयोग करता है, **बुद्धि** अपने पास उपलब्ध ज्ञान, तर्क एवं परिस्थिति के आधार पर मन के समक्ष कार्ययोजना का प्रस्ताव प्रस्तुत करती है, परन्तु मनुष्य के चित्त में यदि पूर्व की आदतें एवं संस्कार बुद्धि की कार्ययोजना से मेल खाते हैं तो मन उसको तुरन्त बुद्धि द्वारा बताई गयी कार्यविधि को स्वीकार्य कर अंहकार (जो कि कर्ता के रूप में नामित होता है) को कार्य सम्पादन हेतु निर्देश देता है तथा अहंकार अपनी स्थिति परिस्थिति के आधार पर ज्ञानेन्द्रियों एवं कर्मेन्द्रियों के माध्यम से कार्य का सम्पादन करता है। परन्तु यदि बुद्धि की कार्ययोजना चित्त में संरक्षित आदतों एवं संस्कारों से मेल नहीं खाती है तो मन सीधे चित्त में संरक्षित आदतों-संस्कारों के आधार पर अथवा चित्त को भी दरकिनार कर सीधे अपनी इच्छाओं की पूर्ति हेतु अहंकार को निर्देशित करता है।

उदाहरणार्थ एक : जैसे व्यक्ति के मन में उसके अपने दोस्तों के माध्यम से मदिरापान के बारे में सुनकर मदिरापान की इच्छा जागृत हुई यह इच्छा जागृत होते ही मन एवं बुद्धि के मध्य लड़ाई प्रारम्भ होती है बुद्धि अपनी ज्ञान क्षमता एवं अनुभव के आधार पर मन के समक्ष तर्क प्रस्तुत करके मदिरापान की अच्छाईयों एवं बुराइयों से परिचित कराते हुए सही मार्ग बताती है, परन्तु यदि व्यक्ति के चित्त में पहले से ही मदिरा पीने के संस्कार एवं आदतों

के रूप में पड़े है तो चित्त मन को प्रबल सहयोग देकर मदिरापान करने हेतु प्रेरित करता है जिसके फलस्वरूप मन बुद्धि की लक्ष्मण रेखा को लांघकर सीधे चित्त में पड़े संस्कारों एवं आदतों के आधार पर अहंकार को कार्य परिणिति हेतु आदेशित करता है, यहां पर अहंकार भी खेल करता है यदि व्यक्ति का अहं नेता-अभिनेता या व्यवसायी का है तो वह इंग्लिश शराब की कई ब्राण्ड की मदिरा विभिन्न साधनों के साथ व्यवस्था प्रदत्त करता है परन्तु यदि किसी व्यक्ति का अहं मजदूर है तो वह सीमित संशाधनों के साथ देशी शराब की व्यवस्था प्रदत्त करता है। वहीं पर यदि चित्त की आदतों या संस्कारों में कोई ऐसी आदते नहीं है तो फिर व्यक्ति के मन के ऊपर निर्भर करता है कि वह **बुद्धि** के प्रस्ताव को स्वीकार कर मदिरापान को नकार दे अथवा बुद्धि तथा चित्त को दरकिनार कर सीधे इन्द्रियों को निर्देशित कर कार्य को मूर्तरूप दे।

उदाहरणार्थ दो : किसी व्यक्ति के मन में इच्छा उत्पन्न हुई कि उसे अच्छा भवन निर्माण करना है तो बुद्धि ने उस व्यक्ति की स्थिति-परिस्थिति, आवश्यकता, माहौल आदि के आधार पर विश्लेषण कर प्रस्ताव प्रस्तुत किया कि वह कड़ी मेहनत कर धन कमाई करके भवन का निर्माण करे, परन्तु उसके चित्त में जन्म जन्मांतर से चोरी-बेईमानी करके धन पैदा करने की आदतें संस्कार के रूप में विद्यमान है तो मन बुद्धि के प्रस्ताव को दरकिनार कर चित्त में संरक्षित आदतों से प्रेरित होकर अपने कार्यों को अंजाम देता है। लेकिन यदि चित्त के संस्कारों में मेहनत एवं ईमानदारी की आदते संरक्षित है तो मन दुविधा में रहता है कि बुद्धि की बात को माने या चित्त की बात को माने अथवा इच्छित भवन के तुरन्त निर्माण की मन की प्रबलता बुद्धि एवं चित्त दोनों के विचारों को दरकिनार कर वह सीधे चोरी-बेईमानी करके भवन निर्माण की प्रक्रिया हेतु स्वयं निर्णय लेकर आगे बढ़ जाता है।

मनुष्य को चाहिए कि वह अपने वर्तमान को अच्छी आदतों एवं संस्कारों के साथ जिये, जिससे हमारे चित्त में अगले जन्म हेतु अच्छी आदतें एवं संस्कार संरक्षित हो और उसके परिणाम भी सुखद मिलें। अच्छे संस्कारों को संरक्षित करने हेतु एक ही उपाय है कि मन-बुद्धि-चित्त एवं अंहकार की शुद्धि तथा उसे संतुलित रखा जाय, जिसे मनोनयन कोष की शुद्धि भी कहा जाता है। इसके लिए मनुष्य को पूरे कार्यदिवस में आधा घण्टा प्रातः तथा आधा घण्टा सांयकाल अर्थात कुल एक घण्टा अपने शरीर की शुद्धि हेतु मेडिटेशन, योग एवं प्राणायाम को देना चाहिए। तथा पूरी जीवन यात्रा में जिज्ञासु बने रहे सीखते रहे निरन्तर सीखते रहने से बुद्धि का विकास होता है तथा सदैव सदकर्म की प्रेरणा बनी रहती है।

जय आदिशक्ति जय परम्पिता परमेश्वर जय पंचमहाभूत

मनुष्य के कर्मो का हिसाब चित्रगुप्त के पास

मनुष्य के शरीर की सूक्ष्म इन्द्रियां **मन, बुद्धि, चित्त** एवं **अहंकार** जन्म के समय **चेतना** के साथ ही प्रकट होते है तथा मृत्यु के समय **चेतना** के साथ ही विलीन हो जाते है, वैसे तो मनुष्य का '**मन**' वाह्य इन्द्रियों अर्थात् आँख, नाक, कान, जीभ एवं त्वचा के माध्यम से क्रमशः देखकर, सुगन्ध लेकर, सुनकर, स्वाद चखकर एवं स्पर्श का एहसास करके अपने मन में किसी वस्तु की आवश्यकता अथवा किसी सृजन का विचार एवं इच्छा पैदा करता है तथा मन में उस कार्य की काल्पनिक रूपरेखा एवं तस्वीर बनाता है, '**बुद्धि**' उस विचार अथवा इच्छा का विश्लेषण कर सही गलत का ज्ञान देती है तथा '**चित्त**' उन समस्त क्रियाओं एवं प्रतिक्रियाओं को संरक्षित कर मनुष्य जीवन का प्रारब्ध बनाने का कार्य करता है, '**चित्त**' की मेमोरी में मनुष्य द्वारा अर्जित किये गये ज्ञान तथा उसके द्वारा किये गये प्रत्येक कर्म का डेटा सुरक्षित रहता है।

'**चित्त**' जिसे हम सभी **चित्रगुप्त भगवान** के नाम से जानते है, किसी कर्म अथवा संकल्प के विषय में '**चित्त**' में संरक्षित जानकारी

का उपयोग मनुष्य का मन बार-बार करता रहता है तथा जो मनुष्य '**चित्त**' में इच्छित विषय वस्तु की संचित मूल सूचना के विषय में समय-समय पर नवीनतम् जानकारियाँ हासिल करके '**चित्त**' में उस विषय की मूल सूचना को अपडेट करता रहता है जिससे उसकी ज्ञान क्षमता काफी मजबूत हो जाती है। उदाहरणस्वरूप - यदि कम्प्यूटर चलाने की मूल जानकारी किसी व्यक्ति के '**चित्त**' में सुरक्षित है तो कम्प्यूटर चलाने की मुख्य जानकारी मुनष्य को बार-बार अन्यत्र से हासिल नहीं करनी पड़ती बल्कि आवश्यकता पड़ने पर उसको स्वतः '**चित्त**' में सुरक्षित डेटा से जानकारी मिल जाती है, परन्तु कम्प्यूटर संचालन के विषय में निरन्तर हुई प्रगति के बारे में समय-समय पर जानकारी हासिल भी करते रहना चाहिए ताकि '**चित्त**' के डेटा में कम्प्यूटर संचालन की ताजी जानकारियाँ अपडेट होती रहें और मनुष्य को कर्म करते समय सही एवं समय से जानकारी प्राप्त हो सकती है। इसके अतिरिक्त '**चित्त**' का प्रमुख कार्य होता है "**मनुष्य के प्रारब्ध का निर्माण**"। चूंकि मनुष्य के हर पल की सोच एवं कर्म का सम्पूर्ण लेखा जोखा '**चित्त**' में संरक्षित होता है इसलिए मनुष्य का '**चित्त**' पूर्व संचित कर्मो के अनुसार ईश्वरीय विधान के तहत स्वतः अगले क्षण से लेकर विभिन्न जन्मों के प्रत्येक क्षणों के लिए मनुष्य के प्रारब्ध एवं उसकी नियति को तय कर देता है, अर्थात उसी के अनुरूप कर्मो का प्रत्यक्षीकरण होता है, इसको ऐसे समझा जा सकता है कि यदि कुछ समय, कुछ वर्षों अथवा पूर्व जन्म में किसी मनुष्य के '**चित्त**' में चोरी करने का कर्म दर्ज है तो '**चित्त**' ही चित्रगुप्त के रूप में उस मनुष्य के दण्ड विधान या उसके अच्छे बुरे कर्मो के विश्लेषण के पश्चात् प्रायश्चित के विधान का निर्माण एवं समय तय कर देता है। जब '**चित्त**' द्वारा नियत समय आता है तो मनुष्य का मन एवं बुद्धि उसी तय प्रारब्ध से प्रभावित होकर उसी के अनुरूप कार्य

करना प्रारम्भ कर देती है तथा बुरे कर्मो का परिणाम दण्ड के रूप में अथवा प्रायश्चित के रूप में प्रत्यक्ष होता है। इसीलिए अच्छे कर्मो के करते हुए भी किसी मनुष्य को जीवन में कई ऐसे प्राकृतिक दण्ड प्राप्त होते है जिसकी कल्पना करना भी संभव नहीं होता है तथा कई बुरे कर्म करते हुए भी मनुष्य को इस संसार में प्राकृतिक सहयोग से पुरस्कृत होते हुए देखा जा सकता है।

जीवन को बेहतर बनाने के लिए मनुष्य को सदैव प्रकृति के संसर्ग में रहकर अच्छे सोच-विचारों के साथ अपनी सीमित आवश्यकताओं की पूर्ति के साथ ही जनकल्याण के कार्यो में सदैव लगे रहना चाहिए तथा अपनी सोच सदैव सकारात्मक तथा दूसरों को लाभ पहुँचाने की ही होनी चाहिए। यदि '**चित्त**' में अच्छें कार्यो की उपस्थिति अधिक दर्ज है तो चित्रगुप्त के आधार पर कुछ गंदे एवं गलत कार्यो हेतु पूर्व में ही नियत अर्थात् तय दण्ड न प्राप्त होकर प्रायश्चित स्वरूप कुछ हल्के दण्ड ही भोगना पड़ता है। '**चित्त**' की शुद्धि तथा सद्कर्म हेतु एक प्रमुख उपाय है **योग एवं ध्यान।**

गीता में बार बार **योग** शब्द का उल्लेख किया गया है, अंकगणितीय सिद्धान्त में योग का अर्थ होता है **योगफल अथवा जोड़**। वैसे **योग** शब्द का अर्थ हुआ समाधि अर्थात चित्तवृत्तियों का निरोध।

गीता में श्रीकृष्ण जी ने कहा है कि -

''योगः कर्मसु कौशलम्''
अर्थात योग से कर्मो में कुशलता आती है।

तथा **महर्षि पंतजलि** द्वारा **योगदर्शन** में योग की परिभाषा इस प्रकार दी गयी है -

''योगश्चित्तवृत्तिनिरोधः''
अर्थात चित्त की वृत्तियों के निरोध का नाम योग है।

इसका तात्पर्य यह है कि '**चित्त**' में संरक्षित होने वाले पूर्व में दर्ज बुरे कर्मो के दण्डनात्मक परिणामों को कम करने के लिए इस जन्म में सुंदर कर्मो का निर्माण करना श्रेयस्कर होगा तथा अपने जन्म के प्रमुख उद्‌देश्य हैं अर्थात् "**जनकल्याण**" के कार्यो में पवित्र उद्‌देश्य के साथ अपनी जीवन यात्रा पूर्ण करना चाहिए। आपके जीवनयात्रा में सही एवं पवित्र कर्मो से भटकाव की स्थिति कभी पैदा ही न हो इसके लिए प्रतिदिन कम से कम 45 मिनट् **योग** एवं **ध्यान** को देना चाहिए। आप स्वयं देखेंगें कि धीरे-धीरे आपका शरीर एकदम स्वस्थ, मन एकदम शांत तथा विचारधारा एकदम सकारात्मक भाव में चलती चली जायेगी।

जय आदि शक्ति,
जय परमपिता परमेश्वर महादेव

मनुष्य की अशांति का कारण 'अहंकार'

गीता में अहंकार के बारे में उल्लेख है कि -

प्रकृतेः क्रियमाणानि गुणैः कर्माणि सर्वशः।
अहङ्कारविमूढात्मा कर्ताहमिति मन्यते।। 27।।

अर्थात् जीवात्मा अहंकार के प्रभाव में मोहग्रस्त होकर अपने आपको समस्त कर्मो का कर्ता मान बैठता है, जबकि वास्तव में वे समस्त कर्म प्रकृति के गुणों के द्वारा सम्पन्न होते है।

मनुष्य की आन्तरिक एवं सूक्ष्म इन्द्रियां मन, बुद्धि, चित्त एवं अहंकार होती है जिसे अंतःकरण चतुष्टय भी कहते है ये चारों सूक्ष्म इन्द्रियां जन्म के समय परम्पिता के अंश "चेतना" से प्रकट होती है तथा मृत्यु के समय उसी में समाहित हो जाती है। मनुष्य के शरीर संचालन में इन सभी इन्द्रियों की पृथक एवं महत्वपूर्ण भूमिकाएं होती है, इसमें **'मन'** जीवन जीने की आवश्यकताओं हेतु इच्छाओं को जन्म देता है, **'बुद्धि'** मन से जन्मित इच्छित आवश्यकताओं हेतु रास्ता बताती है तथा **'चित्त'** मनुष्य के प्रत्येक क्षण के सम्पूर्ण कर्म की क्रियाओं का डेटा जन्म-जन्मान्तर तक सुरक्षित रखकर कर्म के प्रारब्ध का निर्माण करती है, इसके बाद की भूमिका **'अहंकार'** की होती है, **'अहंकार'** का अर्थ होता है **'कर्ता'** अर्थात स्वयं के सम्बंध में मान्यता देना। वाह्य जगत में डॉक्टर कृपाशंकर से प्रश्न किया जाय कि आप

कौन हैं तो वह तुरंत उत्तर देगा कि मेरा नाम कृपाशंकर है तथा मैं डॉक्टर हूँ परन्तु सत्य यह है कि कृपाशंकर नाम वाह्य जगत में उसको चिन्हित करने हेतु दिया गया है तथा डॉक्टर उसके पेशे का नाम है इसी प्रकार सूक्ष्म शरीर के '**कर्ता**' का नाम '**अहंकार**' होता है, जिस प्रकार वाह्य जगत में किसी कार्य सम्पादन का श्रेय उस कृपाशंकर नामक मनुष्य को दिया जाता है उसी प्रकार सूक्ष्म शरीर में मन से इच्छित आवश्यकताओं की पूर्तिकर्ता कां '**अहंकार**' नाम दिया गया है।

मन से उत्पन्न हुई हर इच्छा का अहंकार में सीधा सम्बन्ध है, मन की इच्छित आवश्यकताओं की पूर्ति में अहंकार को अपना अधिक महत्व दिखता है। मन की इच्छाओं को उसके भौतिक ओहदे के अनुसार जन्मित करने हेतु अहंकार ही अधिक प्रेरित करता है जैसे एक साधारण ओहदे वाले व्यक्ति के मन में आराम करने की इच्छा जागृत हुई तो उसका अहंकार एक चारपाई की उपलब्धता से मन की सन्तुष्टि दिला देता है परन्तु यदि वह बड़े ओहदे का रईस व्यक्ति है तो उसका अहंकार उसको अच्छे होटल में एक अच्छे गद्दे वाले बेड की ओर प्रेरित कर ले जाता है।

भगवान कहते है भौतिकता में जीने वाला व्यक्ति अपने इस अहंकार में रहता है कि वही सभी वस्तुओं का '**कर्ता**' है ऐसे व्यक्ति को यह बोध होते हुए भी कि "**हमारा शरीर, जिसे हम अपना मानते है, का सृजन एवं संरचना परम्पिता परमेश्वर की अध्यक्षता में कार्यरत प्रकृति द्वारा हुआ है,**" वह अहंकारवश हर कार्य का श्रेय स्वतंत्र रूप से स्वयं लेना चाहता है।

न हि कश्चिच्क्षणमपि जातु तिष्ठत्यकर्मकृत्।
कार्यते ह्यवशः कर्म सर्वः प्रकृतिजैर्गुणैः।।

अर्थात् कोई भी मनुष्य क्षण भर भी कर्म किये बिना नहीं रह सकता, सभी प्राणी प्रकृति के अधीन है और प्रकृति अपने अनुसार हर प्राणी से कर्म करवाती है और उसके परिणाम भी देती है।

भगवान श्रीकृष्ण जी कहते है कि जब तक अपने मन में कोई भी कामना या इच्छा रहती है तब तक शांति नहीं मिल सकती। मन में ममता या अहंकार आदि भावों को मिटाकर तन्मयता से कर्तव्यों का पालन करने से ही शान्ति मिलती है।

व्यावहारिक समीक्षा

हम सभी को ज्ञात है, कि यह शरीर हमारा नहीं है, हमने इसका निर्माण नहीं किया है, हम अस्वस्थ्य होने पर इसको पुरातन ज्ञान के आधार पर केवल ठीक करने का प्रयास कर सकते है परन्तु उस प्रयास से शरीर पूर्णतः अरोग्य हो ही जायेगा यह भी हमारे हाथ में नहीं है। सूक्ष्म और आंतरिक मन से अपने शरीर के अध्यात्म का अवलोकन करें कि -

- क्या अपने शरीर का संचालन हम कर रहे हैं?
- क्या शरीर के अन्दर विद्यमान प्राणशक्ति के बिना प्रकृति से ऑक्सीजन शरीर के अन्दर खींचा जा सकता है? वेंटीलेटर से जबरदस्ती शरीर में ऑक्सीजन प्रवाहित करने से क्या मनुष्य अपने जीवन की रक्षा कर पाता है?
- क्या मृत्यु पर विजय पाना हमारे लिये सम्भव है?
- नियति के बारे में हम सभी अवगत है कि प्रकृति ने हमारे चित्त में हमारे पूर्व कर्मों के परिणाम प्रारब्ध रूप में तय कर दिये है क्या उसके भोग से बचने का कोई रास्ता है हमारे पास?
- न तो नियति पर हमारा वश होता है एवं न तो हमारे द्वारा लिये गये निर्णयों के परिणाम पर ही हमारा वश है। इसी प्रकार यदि कर्म की बात करें तो क्या कर्म के परिणाम हमारे वश में होते हैं।
- क्या हम अपने द्वारा बनायी गयी शक्तियों से बोलते है, देखते हैं, सुनते हैं, चलते-फिरते हैं, याददाश्त रखते हैं या फिर किसी वस्तु के स्वाद की पहचान करने की विधा हमने बनाई है।

- क्या किसी वस्तु का स्वाद परखने की विधा हमने बनायी है?
- पृथ्वी, वायु, जल, आकाश, अग्नि, सूर्य, चन्द्र आदि तत्वों जिनसे हमारा शरीर और प्रकृति निर्मित एवं संचालित है, क्या उसका संचालन हम मनुष्यगण कर रहे हैं?
- क्या तमाम आवश्यक तत्वों के साथ शरीर के प्रत्येक अंग में रक्त एवं प्राण का प्रवाह हम मनुष्यगण कर रहे हैं?
- क्या हम बिना आकाश तत्व के अपने शरीर को संतुलित रूप से खड़ा करने एवं उसको चलायमान बनाने में हम सक्षम हैं ?

ऐसी अनेक प्रश्नवाचक बातें हैं जिसका संचालन प्रकृति ही करती है अतएव इस सत्यता को स्वीकार करना चाहिए तथा दिल की गहराइयों से आंख बन्द कर अर्न्तमन से सोचना चाहिए कि जब यह सब हमारा बनाया हुआ नहीं है एवं न ही इसके संचालन पर हमारा नियत्रंण है तो फिर इस शरीर के द्वारा किये गये कर्मो पर हमारा अधिकार कहां है। इसलिए प्रत्येक कर्म जो हमारे शरीर की इन्द्रियों के माध्यम से संचालित हो रहा है उस हर अच्छे एवं खराब कर्मो पर अपना अधिकार नहीं समझना चाहिए अपितु बेहतर होगा कि प्रतिदिन योग एवं मेडिटेशन के दौरान आंख बंद कर अर्न्तमन से हमारे शरीर में स्वयं उपस्थित अदृश्य परम्पिता परमेश्वर एवं प्रकृति रूपी मां आदिशक्ति के अंश का दर्शन कर दिन भर के कर्मो एवं उनके परिणामों का श्रेय उन्हीं को दें एवं सदैव वर्तमान में ही जीने का सफल प्रयास करें। ऐसा करने से धीरे-धीरे आपको स्वतः अच्छे कर्मो का रास्ता मिलता जायेगा तथा आप उस शांति को प्राप्त कर अपनी एवं जनकल्याण हेतु आवश्यक आवश्यकताओं की पूर्ति के कार्यो में लग जायेंगे। यही हम मनुष्यों के जन्म का उद्देश्य है।

जय परम्पिता शिव-जय माँ आदिशक्ति।

जन्म के उद्देश्यों की पूर्ति का माध्यम है 'इन्द्रियाँ'

गीता दर्शन के भाग-4, अध्याय-7 के प्रवचन : 1 में मनुष्य के शरीर तथा इन्द्रियों के विषय में यह कहा गया है, कि :

आत्मानं रथिनं विद्धि शरीरं रथमेव तु।
बुद्धि तु सारथिं विद्धि मनः प्रग्रहमेव च।।
इन्द्रियाणि हयानाहुर्विषयांस्तेषु गोचरात।
आत्मेन्द्रियमनोयुक्तं भोक्तेत्याहुर्मनीषिणः।।

अर्थात् मनुष्य का **शरीर** एक **रथ** है, उस रथ का सवारी करने वाला **रथी** मनुष्य की **जीवात्मा** है, शरीर की **दस इन्द्रियाँ** इस रथ के **दस घोड़े** है, **मन** इन इन्द्रिय रूपी घोड़ों को नियत्रंण करने की **बागडोर** (लगाम) है तथा मनुष्य की **बुद्धि** इस वाहन का **सारथी** है।

यह रथ रूपी वाहन जीवात्मा को मोक्ष पाने के लिए मिला है। मन की लगाम से इन्द्रियाँ रूपी घोड़े विषयों की सड़क पर चलते हुए मुक्ति यात्रा की ओर बढ़ते हैं। यदि मनुष्य की बुद्धि सजग है तो

इन्द्रियां विषयों में न भटककर कुशलतापूर्वक अपने स्वामी को परमात्मा की समीपता से पहुँचा देती है।

मनुष्य शरीर क्या है ?

ईश्वर के सूक्ष्म अंश रूप में **जीवात्मा (चेतन स्वरूप)** को जन्म-मृत्यु के बंधन से मुक्त होने तक इस **भौतिक संसार (जड़ स्वरूप में प्रकृति)** में बारम्बार जन्म लेकर अपनी कर्मयात्रा पूरी करनी होती है, भौतिक संसार में जन्म लेने हेतु चेतन को प्रकृति के संसर्ग में आना होता है तब प्रकृति चेतन हेतु अपने पंचमहाभूत गुणों अर्थात पंचतत्वों से मनुष्य शरीर का निर्माण करती है जिसमें चेतन सूक्ष्म स्वरूप में निवास करता है। चेतन (ज्ञान) बिना प्राकृतिक ऊर्जा शक्ति के क्रियाशील (ऊर्जा का रूपान्तरण अर्थात् सृजन) नहीं हो सकता। इसी प्रकार प्राकृतिक ऊर्जा जो हर जगह हर तत्व में व्याप्त है परन्तु अदृश्य है, जब तक कोई चेतना उसका उपयोग नहीं करती तब तक वह ऊर्जा शक्ति निष्क्रिय रूप में पड़ी रहती है, इसीलिए न अकेले शिव तत्व चेतन संसार में सृजन कर सकता है एवं न ही प्रकृति के रूप में आदिशक्ति का अंश अकेले सृजन करने में सक्षम है जब प्रकृति द्वारा रचित मनुष्य शरीर में चेतन का प्रवेश होता है तब चेतन (पुरूष) तथा प्रकृति (नारीतत्व) के मिलन से परम्पिता परमेश्वर का अर्धनारीश्वर स्वरूप पूर्ण होता है और इन्हीं दोनो की संयुक्त उर्जाशक्ति कर्म एवं सृजनात्मक कार्य प्रारम्भ करती है यही ऊर्जाशक्ति अपनी ऊर्जा रूपान्तरित करके शरीर के विभिन्न अंगों में जैसे शरीर के ऊर्जाचक्रो, हृदय, नाभि, सूक्ष्म (आन्तरिक) एवं वाह्य इन्द्रियों आदि में स्थापित होकर शरीर का संचालन करती है।

इन्द्रियाँ क्या होती हैं ?

मनुष्य शरीर में कुल 15 इन्द्रियाँ होती है, जिसमें 5 सूक्ष्म इन्द्रियाँ क्रमशः **मन, बुद्धि, चित्त, अहंकार तथा आत्मा** होती है। इन्द्रियां

जिसमें आंख, नाक, कान, जीभ तथा त्वचा को 5 ज्ञानेन्द्रियां कहा जाता है तथा हाथ, पैर, लिंग, गुदा एवं मुख को 5 कर्मेन्द्रियां कहा जाता है। चूँकि चेतना के साथ की पांच इन्द्रियाँ सूक्ष्म रूप में होती है जो भौतिक संसार में सीधे कर्म करने में सक्षम नहीं होती है इस कारण वह अपनी कर्मयात्रा वाह्य शरीर की ज्ञानेन्द्रियों का उपयोग करके किसी विषय अथवा वस्तु के विषय में ज्ञान प्राप्त करती है तथा विषय वस्तु से संज्ञानित होकर अपनी आवश्यकताओं की पूर्ति शरीर की कर्मेन्द्रियों से करवाती है।

इन्द्रियों के कार्य ?

पाँच सूक्ष्म इन्द्रियाँ : मनुष्य की पाँच सूक्ष्म इन्द्रियाँ होती है जो चेतन के साथ ही अवतरित होकर मनुष्य शरीर छोड़ने के समय चेतन में ही समाहित होकर चली जाती है। इन पाँच इन्द्रियों के माध्यम से चेतन अपने कर्मो का भोग उसकी 10 वाह्य इन्द्रियों तथा भौतिक शरीर के माध्यम से करता है।

मन : शरीर रूपी रथ की बागडोर है, अर्थात् प्रारब्ध के अनुसार अथवा भौतिक ऐश्वर्य से प्रभावित होकर वाह्य इन्द्रियों का उपयोग कर शरीर से कर्म करवाने के लिए उत्तरदायी।

बुद्धि : शरीर रूपी रथ का सारथी है, चित्त में सुरक्षित ज्ञान अथवा वाह्य इन्द्रियों से प्राप्त ज्ञान के आधार पर मन की इच्छाओं एवं आवश्यक आवश्यकताओं के विषय में सदैव सही रास्ता दिखाना बुद्धि का कार्य होता है परन्तु यदि मन अनियंत्रित होकर अपने उद्देश्य से भटक जाता है तो बुद्धि ज्ञान एवं दिशा देना बन्द कर देती है।

चित्त : चित्त अपने एक भाग में मनुष्य के हर पल के कर्म को ज्ञान एव अनुभव के रूप में संचित करता है जिसका उपयोग करके बुद्धि समय-समय पर मनुष्य को कर्म एवं सृजन करने में

सहायता करती है तथा चित्त दूसरे भाग में मनुष्य के जन्म जन्मान्तर तथा वर्तमान के हर क्षण के आंतरिक भाव तथा कर्म का लेखा-जोखा रखकर मनुष्य के अगले पल के कर्म का प्रारब्ध बनाता है। इसी आधार पर मनुष्य अपने जीवन के कर्म कर पाता है परन्तु यदि वह कठिन साधना करे तो प्रारब्ध से संचालित पूर्व नियत कर्मो के भोग में पूर्ण बदलाव तो सम्भव नहीं होता है परन्तु वह पूर्व नियत दण्ड भोग को प्रभावित कर उसे कुछ कम कर सकने में सक्षम होता है।

अहंकार : जिस प्रकार भौतिक संसार में सभी मनुष्यों की पहचान के लिए एक नाम रखा जाता है और किसी कार्य की अच्छाई एवं बुराई का श्रेय उसी नाम को दिया जाता है उसी प्रकार सूक्ष्म जीव शरीर के **कर्ता** का नाम अहंकार होता है अर्थात सूक्ष्म शरीर के कर्म के कर्ता का नाम **अहंकार** होता है यह भी वाह्य जगत के ऐश्वर्य से प्रभावित होता रहता है जब कोई अच्छा कार्य हो जाता है भले ही वह पूर्व नियत प्रारब्ध से हो रहा होता है, उसकी उपलब्धि पर अपना नाम लिखवाने के लिए वह सदैव तत्पर रहता है, वहीं यदि कुछ गलत होता है तो उसका श्रेय दूसरे व्यक्ति को अथवा प्रभु को देने में संकोच नहीं करता है।

आत्मा : आत्मा पवित्रता के साथ अपनी ऊर्जा शक्ति से शरीर के संचालन का कार्य करती है तथा इसमें सदैव प्रेम का वास होता है। मनुष्य के द्वेषपूर्ण कर्मो से भावनात्मक रूप से आहत एवं दुखी होने के बावजूद आत्मा अपने कर्म में प्रेम के भाव को सदैव बनाये रखती है इसीलिए आत्मा को भगवान विष्णु अर्थात् पालनहार कहा जाता है।

पाँच ज्ञानेन्द्रिय : चेतन की सूक्ष्म इन्द्रियाँ इन्हीं पाँच ज्ञानेन्द्रियों आँख, नाक, कान जीभ एवं त्वचा से किसी भी कार्य का ज्ञान एवं अनुभव प्राप्त करती है।

आँख : अग्नि तत्व का प्रतिनिधित्व करती है, इससे देखने का ज्ञान मिलता है।

नाक : पृथ्वी तत्व का प्रतिनिधित्व करती है, इससे गंध-सुंगध का ज्ञान मिलता है।

कान : आकाश तत्व का प्रतिनिधित्व करता है इससे सुनने का ज्ञान मिलता है।

जीभ : जल तत्व का प्रतिनिधित्व करती है, इससे स्वाद (रस) का ज्ञान मिलता है।

त्वचा : वायु तत्व का प्रतिनिधित्व करती है, इससे स्पर्श का ज्ञान प्राप्त होता है।

पाँच कर्मेन्द्रियां : चेतन की सूक्ष्म इन्द्रियाँ इन पाँच कर्मेन्द्रियों अर्थात् **हाथ, पैर, मुख, लिंग एवं गुदा** से शरीर के संचालन का कार्य करवाती है साथ ही किसी इच्छा एवं आवश्यकता की पूर्ति हेतु यही 5 कर्मेन्द्रियाँ जिम्मेदारी निभाती है।

इन्द्रियों पर नियत्रंण क्यों एवं कैसे ?

गीता में **भगवान श्री कृष्ण** ने अर्जुन को बताया कि हे अर्जुन हमारी **इन्द्रियाँ** इतनी बलवान होती है कि वह उस बुद्धिमान के मान को भी हर लेती है जो इन्द्रियों को काबू करने की कोशिश करता है।

हमारा शरीर इन्द्रियों का गुलाम है और सदैव इन्द्रियों के नियत्रंण में रहता है इसलिए इन्द्रियों को वश में रखना चाहिए। असंयमित इन्द्रियाँ स्वामी का नाश कर देती है। इन्द्रियों का सृजन जन्म के मूल उद्देश्यों की पूर्ति हेतु होता है ताकि सद्कर्म एवं जनकल्याण का कार्य करते हुए जीवात्मा अपने परमात्मा तक पहुँचकर उसके तत्व में विलीन होने का सफर पूर्ण करके जन्म-मृत्यु के बंधन से मुक्ति पा सके।

इन्द्रियों को वश में करने के लिए मन रूपी बागडोर का नियंत्रण अति आवश्यक होता है क्योंकि मन भौतिक जगत में आकर भौतिकता के सुख एवं ऐश्वर्य को पाने के लिए अपने जन्म के उद्देश्यों से बहुत जल्दी भटक जाता है अर्थात् सुख की लालसा में मनुष्य अधिकाधिक उलझता ही जाता है एवं इन्द्रिय को तृप्त करते-करते मनुष्य दूसरी-तीसरी और फिर अधिकाधिक सांसारिकता में लिप्त होता ही जाता है और अन्ततः पाप योनि को प्राप्त होता है। जब तक मन और इन्द्रियों पर पूर्णतः नियत्रंण नहीं हो जाता तब तक सुख की आशा करना व्यर्थ है। चूंकि मन अपने भोग के लिए इन्द्रियों की चंचलता का पूर्ण दुरूपयोग करता है इसलिए मन पर कड़ी दृष्टि रखनी चाहिए।

भगवान श्री कृष्ण जी ने **गीता** में मन पर तीखी निगाह रखने की ओर निर्देश किया है -

असंयतात्मना योगो दुष्प्राप्य इति में मतिः।
वश्यात्मना तु यतता शक्योवाप्तुमुमायताः।। (6136)

अर्थात् मन को संयमित न करने वाले पुरूष के द्वारा योग दुष्प्राप्य है स्वाधीन मन वाले प्रयत्नशील पुरूष द्वारा ही योग प्राप्त होता है, ईष्ट सिद्वि प्राप्त होती है अतएव अभ्यास एवं वैराग्य से मन को वश में करने में बहुत सहायता मिलती है। गीता में मन को भगवान में एकाग्र करने का उपदेश दिया गया है। यदि अस्थिर और चंचल मन किसी कारण संसार में जाय तो उससे हटाकर इसे बार बार आत्मा में लगावें। मन को नियत्रिंत करने हेतु भक्ति, योग, साधन, ध्यान एवं गुरू की शरण जैसे सशक्त माध्यम है।

मन एवं इन्द्रियों पर नियत्रंण पाने के लिए साधू, सन्यासी बनने अथवा गृहस्थ जीवन को त्याग कर कड़ी तपस्या करने की आवश्यकता नहीं है बल्कि यदि कोई मनुष्य अपनी दिनचर्या से

प्रतिदिन एक घण्टे का समय निकाल कर अर्न्तमुखी होकर अर्थात् अपने शरीर के ऊर्जाशक्ति चक्रों पर ध्यान केन्द्रित कर अथवा मन को अपने श्वांसों पर लगाकर अपनी उर्जाशक्ति को जागृत करने का प्रयास करें तथा सर्वप्रथम वह स्वयं को जानने का प्रयास करे जैसे कि उसके शरीर का सृजन कैसे, क्यो तथा किन उद्देश्यों के लिए हुआ है तथा इसका संचालन कौन और कैसे कर रहा है आदि। मुख्य प्रश्नों को जानने का प्रयास करे तो निश्चित ही उसे अपने मन एवं इन्द्रियों को संयमित करने में कामयाबी मिल सकती है।

जय आदिशक्ति- जय परम्पिता परमेश्वर

मनुष्य जीवन में ग्रह–नक्षत्रों का प्रभाव

ब्रह्माण्ड के प्रत्येक क्षण की क्रियाओं एवं प्रतिक्रियाओं का नियत्रंण ग्रह एवं नक्षत्रों के हाथ में होता है, इसी के तहत ग्रह एवं नक्षत्र ही मनुष्य की दिशा एवं दशा की धुरी बनकर उसकी जीवन यात्रा पूर्ण कराते हैं। हमारे आध्यात्मिक विद्वानों का मत रहा है कि मनुष्य की दिशा एवं दशा उसके पूर्व कर्मों के प्रारब्ध का प्रत्यक्षीकरण होता है जिसे समाज में भाग्य कहा जाता है जिसके तहत मनुष्य अपने भाग्य में जो भी लाभप्रद एवं पीड़ारहित सुख अथवा कष्टप्रद एवं हानियुक्त दुःख लिखवाकर इस संसार में आया है उसे ही इस जीवन में दिशा एवं दशा के रूप में भोगना पड़ेगा।

इस ब्रह्माण्डीय संचालन के द्योतक ग्रह नक्षत्रों की गतिविधियों के परिणामों की जानकारियाँ प्राप्त करने के लिए मनुष्य अरबों–खरबों वर्षों से शोध करता आ रहा है परन्तु आज तक सम्पूर्ण तथ्यों से कोई भी भिज्ञ नहीं हो पाया, यही तो ईश्वर की माया का राज है, परन्तु कुछ महान् ज्ञानीजन ने मनुष्य की पीड़ाओं का हरण करने के लिए उसके जीवन के पूर्व एवं भविष्य में प्रत्यक्ष होने वाले परिणामों के विषय में ज्योतिष सहित तमाम खगोलीय विद्याओं का

अध्ययन कर समाज में उसका प्रचार प्रसार किया। कदाचित इन विद्याओं के प्रसार के पीछे यह दृष्टिकोण रहा होगा कि मनुष्य भविष्य में घटित होने वाले परिणामों का अध्ययन कर उन घटनाओं से बचने के लिए अपने आचरण, दिनचर्या एवं जीवन शैली में आवश्यकतानुसार बदलाव करे और उस प्रतिकूल समय के निकलने का इंतजार करे। यद्यपि कुछ लोग आंशिक ज्ञान हासिल कर चंद उपायों के माध्यम से उन घटनाओं को घटित होने से रोकने का दावा भी करते नजर आते हैं परन्तु सत्यता यह है कि जो घटित होना है उसमें बदलाव संभव नहीं है। घटना के अनुरूप ही परिस्थितियाँ धीरे–धीरे अपना स्वरूप बदलने लगती हैं। इस विषय में पूज्य गोस्वामी तुलसीदास जी ने लिखा है कि–

जाको प्रभु दारूण दुःख देही। ताकी मति पहिलेहि हर लेही।।
जाको विधि पूरन सुख देही। ताकी मति निर्मल कर देही।।

अर्थात् प्रभु जिसको दुःख देते हैं उसकी बुद्धि एवं विवेक का पहले ही हरण कर लेते हैं तथा जिसके जीवन में सुख का प्राकट्य करते हैं उसकी बुद्धि एवं विवेक पहले ही निर्मल कर देते हैं।

इसी संदर्भ में **महर्षि वेदव्यास प्रणीत महाभारत** के **अनुशासन पर्व के सप्तम अध्याय** में उल्लिखित **श्लोक संख्या–22** में मनुष्य के जीवन में उसके पूर्व कर्मों के प्रभाव को इस प्रकार समझाया गया है–

यथा धेनुसहस्त्रेषु वत्सो विन्दति मातरम्।
एवं पूर्वकृतं कर्म कर्तारमनुगच्छति।।

अर्थात् जैसे हजारों गायों के झुण्ड में भी बछड़ा अपनी माँ को पहचानकर उसके पास पहुँच जाता है उसी प्रकार पूर्व जन्म में किये गये कर्म भी कर्ता को पहचानकर उसका अनुसरण करते हैं

अर्थात् पूर्व कर्मों के प्रारब्ध से कर्ता का वर्तमान जीवन प्रभावित होता है।

इसी प्रकार **भगवद् गीता** में भी **भगवान श्री कृष्ण जी** ने कर्म एवं उसके परिणाम रूपी फल के विषय में कहा है कि–

"कर्मण्येवाधिकारस्ते मा फलेषु कदाचनः"

अर्थात् मनुष्य को अपने जीवन में सिर्फ कर्म करने का अधिकार है उसके फल पर उसका अधिकार नहीं है।

इन सभी का सीधा सा अर्थ समझ में आता है कि कर्मों के फल का अधिकार परम्पिता परमेश्वर की सत्ता के बनाये गये नियमों के अधीन है तथा इन नियमों के संचालन का पूर्ण दायित्व पंचतत्वों से निर्मित सत्ता एवं ग्रह–नक्षत्रों के हाथों में होता है।

दिशा एवं दशा का जीवन में क्रियान्वयन

मनुष्य की दिशा एवं दशा का प्रत्यक्षीकरण उसके अंदर विद्यमान त्रिगुण अर्थात सत्, रज एवं तम् गुणों के मिश्रण से उत्पन्न होने वाली इच्छाओं से होता हैं। ग्रहों के सृजन में भी पंचतत्व एवं त्रिदोष के गुण विद्यमान हैं इसीलिए प्रत्येक ग्रह के अलग–अलग गुण एवं धर्म होते है। ज्योतिषीय विद्या के अनुसार चन्द्रमा **जल तत्व**, सूर्य एवं मंगल **अग्नि तत्व**, बुध **वायु एवं पृथ्वी तत्व**, वृहस्पति **अग्नि एवं जल तत्व**, शुक्र **पृथ्वी एवं वायु तत्व** तथा शनि **पृथ्वी एवं वायु तत्व** की राशियों का प्रतिनिधित्व करते हैं। इसके अलावा राहु एवं केतु छाया ग्रह हैं जो जिस ग्रह के साथ युति एवं दृष्टि रखते है उसी के गुण धर्म के साथ अपना प्रभाव मिश्रित कर देते हैं।

इन नौ ग्रहों का प्रभाव मनुष्य पर उसके शरीर की स्थूल एवं सूक्ष्म इन्द्रियों की ऊर्जाओं के माध्यम से परिणति होता है। मनुष्य की आत्मा रूपी ऊर्जा पर सूर्य ग्रह, मनरूपी ऊर्जा पर चन्द्र ग्रह, आत्मबल ऊर्जा पर मंगल ग्रह, बुद्धि रूपी ऊर्जा पर बुद्ध ग्रह, ज्ञान एवं तर्क रूपी ऊर्जा पर गुरू ग्रह, आकर्षण रूपी ऊर्जा पर शुक्र ग्रह, कर्म रूपी ऊर्जा पर शनि ग्रह, विचार शक्ति रूपी ऊर्जा पर राहु ग्रह तथा बुद्धिमत्ता की गहराई रूपी भाव पर केतु ग्रह का सम्पूर्ण प्रभाव होता है। यहाँ यह कहना भी अतिश्योक्ति नहीं होगी कि मनुष्य की नौ सूक्ष्म इन्द्रियों की ऊर्जा ही इन ग्रहों की ऊर्जा है। जिस प्रकार से ब्रह्माण्ड में ग्रहों की चाल में फेरबदल होता है उसका सीधा प्रभाव मानव शरीर की उस इन्द्री की ऊर्जा पर पड़ता है। चूँकि मन समस्त क्रियाओं के होने का प्रथम द्वार है अर्थात् एक्शन ग्रह है इसलिए जब भी कोई घटना घटित होती है तो मनुष्य के मन में सबसे पहले उस घटना के घटित होने की सम्भावना/आशंका प्राक्ट्य होती है और जिस ग्रह की दशायें होती है उसकी ऊर्जा मनुष्य की इन्द्रियों के माध्यम से उस घटना के परिणाम से उस मनुष्य को प्रत्यक्ष करवा देती है।

क्या ग्रहों के प्रभाव को रोका जा सकता है?

सुख एवं दुःख मनुष्य के शरीर और उसकी इन्द्रियों की अनुभूति मात्र होती है। मन में जो अनुभूति होती है वह त्रिगुण के कारण होती है, ग्रहों की ऊर्जा केवल त्रिगुणों में संतुलन–असंतुलन स्थापित करती है जिसके अनुरूप ही मनुष्य की चाहत जन्म लेती है जिसका पहला प्रभाव मनुष्य के मन पर पड़ता है इसलिए भविष्य की घटनाओं को घटित होने से रोकना तो सम्भव नहीं है परन्तु आध्यात्म एवं वैदिक ज्ञान के बल पर इसके प्रभावों में आंशिक बदलाव कर उसके गंभीर परिणामों से कुछ हद तक राहत अवश्य प्राप्त की जा सकती है।

मनुष्य के शरीर का पोषण मुख्यतः प्रकृति के पंचतत्वों से होता है। पृथ्वी तत्व द्वारा सृजित फल, फूल एवं अन्न के रूप में आहार की प्राप्ति कर तथा जल तत्व से जल की पूर्ति करके इस स्थूल शरीर की इन्द्रियों की ऊर्जा की प्रतिपूर्ति होती है, परन्तु अन्य तीन तत्व क्रमशः वायु, अग्नि एवं आकाश तत्व मनुष्य की सूक्ष्म शरीर की इन्द्रियों की प्रतिपूर्ति कर उन्हें सन्तुलित करती हैं, इन्हीं के आहार से त्रिगुणों का संतुलन–असंतुलन होता है, यदि किसी व्यक्ति को उसके आध्यात्मिक ज्ञान अथवा कुण्डली से यह ज्ञान हो जाता है कि उसके लिए कोई ग्रह अनिष्टकारी है तो उसे उस ग्रह के स्वभाव एवं प्रकृति को अपने जीवन में आत्मसात कर लेना चाहिए क्योंकि वह ग्रह उसे एक छाते की भाँति सुरक्षा प्रदान करते हुए उस ग्रह के दुष्प्रभाव को कम करने लगता है।

उदाहरणार्थ : यदि कोई मेष लग्न का व्यक्ति है जिसका स्वामी ग्रह मंगल है, ऐसी स्थिति में यद्यपि मंगल अग्नि तत्व की ऊर्जा है और इसे क्रूर ग्रह की संज्ञा दी जाती है परन्तु मनुष्य जीवन में इसके परिणाम काफी सकारात्मक एवं सुखमय होते है जैसे कि मनुष्य को सदैव उर्जित रखना, आत्मबल मे वृद्धि रखना, उसके कर्मों के परिणामों को प्रत्यक्ष करना तथा उसको संसार में यश एवं सम्मान दिलाना आदि परन्तु जीवन में ये सभी उपलब्धियाँ प्राप्त करने के लिए उसे इस ग्रह का छाता सदैव लगाकर रखना होगा अर्थात् त्रिगुण संतुलित आहार लेना, योग, ध्यान एवं मेडिटेशन आदि से अपने क्रोध पर नियत्रंण रखना, सत्संग एवं सामाजिक सहयोग कर जीवन में धैर्य को आत्मसात करके अपनी जीवन शैली को अनुशासित एवं सकारात्मक रखकर इस ग्रह की ऊर्जाओं को सदैव संतुलित रखना चाहिए तभी इस ग्रह के सकारात्मक एवं लाभप्रद परिणाम प्रत्यक्ष होंगे एवं सदैव राजाओं अथवा योद्धाओं की भाँति जीवन यापन करना संभव है।

इसके विपरीत यदि तमस गुण से भरपूर भोजन जैसे अधिक तीखा, लाल रंग का भोजन, मांस–मंदिरा आदि सेवन करने की

आदत डालना, जीवन में लाल रंग के उपयोग को प्राथमिकता देना, किसी न किसी को क्षति पहुंचाने व बदला लेने की इच्छा रखना, छोटी–छोटी बात पर क्रोध करके नकारात्मक माहौल तैयार कर अपने गृहस्थ जीवन को खराब करने जैसी स्थितियां उत्पन्न होने से मंगल ग्रह की ऊर्जायें असंतुलित होती है और तब चाहे राजा हो या योद्धा, उसके अंदर अहंकार का जन्म अवश्य होता है। फिर जब मंगल ग्रह की विपरीत दशायें प्रभाव में आती है अथवा व्यक्ति किसी विपरीत ग्रह की दृष्टि में आता है तो यही मंगल ग्रह जीवन में दंगल करवाता है अर्थात् उसके जीवन में गम्भीर संकट जैसे विवाद, कोर्ट केस, गम्भीर रोग, आगजनी, चोरी एवं दुर्घटनाओं जैसी दुःख एवं पीड़ादायक समस्यायें उत्पन्न होती है। इसीलिये मनुष्य जन्म में पूर्व तय घटनाओं को दिशा एवं दशा के रूप में प्रत्यक्ष करने वाले सभी ग्रह, जो हमारे शरीर की स्थूल एंव सूक्ष्म इन्द्रियों की ऊर्जा के रूप में विद्यमान है, उनको अपने खान–पान, वाणी, आचार–विचार, व्यवहार, योग–प्राणायाम आदि के माध्यम से सदैव संतुलित रखना चाहिए ताकि जब भी उन ग्रहों के दुष्प्रभाव प्रत्यक्ष हो तो कोई बड़ी पीड़ा एवं दुःख का सामना न करना पड़े।

जय माता आदिशक्ति – जय भोलेनाथ

जीवन चेतना के क्रमिक विकास का मूल है 'पंचकोश'

पंचमहाभूतों के सृजित जीव के शरीर की जीवंतता के लिये ''चेतना'' का होना आवश्यक होता है, यही चेतना जब शरीर से निकल जाती है तो शरीर निर्जीव अवस्था में मृत घोषित हो जाता है।

जीवन चक्र के क्रम में यह ध्यान देने योग्य है कि संसार में जीवों के सृजन के प्रारम्भिक दौर में प्रत्येक जीव में चेतना का विकास सीमित रहा, तत्पश्चात् जिस जीव ने चेतना का जितना विकास कर लिया वह जीव अन्य जीवों की जीवन शैली एवं प्रकृति से पृथक होता चला गया। जीवों में चेतना का विकास पंचकोश जागृति पर आधारित है। ये समस्त कोश एक साथ विद्यमान अस्तित्व के विभिन्न तलों के समान होते हैं। विभिन्न कोशों में चेतन, अवचेतन एवं अचेतन मन की अनुभूतियाँ होती हैं। प्रत्येक कोश का आपसी सम्बन्ध घनिष्ठ होता है और वे एक-दूसरे को प्रभावित करते रहते हैं। चेतना निम्न पंचकोशों के रूप में कर्म हेतु जीव को जागृत रखती है :-

प्रथम - अन्नमय कोश (इन्द्रिय कोश)

द्वितीय - प्राणमय कोश (जीवन शक्ति)

तृतीय - मनोमय कोश (विचार शक्ति)

चतुर्थ - विज्ञानमय कोश (विचार, संवेदना एवं भावों का प्रवाह)

पंचम - आनन्दमय कोश (आत्मबोध/आत्मजागृति)

किसी भी जीव का जीवन इन पंचकोशी चेतना से संचालित रहता है। मनुष्य योनि इसीलिये सर्वश्रेष्ठ है क्योंकि वह अन्य जीवों की तुलना में पाँचों कोशों को धारण करने योग्य है।

अन्नमय कोश : अन्नमय कोश की चेतना सभी प्राणियों को सजीव रखने की प्रक्रिया है एवं अन्नमय कोश जीव की शारीरिक इन्द्रियों की चेतना का आधार है। चाहे वह मनुष्य हो अथवा अन्य कोई प्राणी। यदि मनुष्य की तुलना किसी कीट से करें तो यह पायेंगे कि कृमि/कीट मनुष्य की भाँति ही सजीव हैं परन्तु उनमें केवल अन्नमय कोश की चेतना ही जागृति होती है इसलिये वे केवल अपनी इन्द्रिय रूपी शरीर की चेतना के लिये ही चिन्तित रहते हैं और प्रायः अपनी इन्द्रियों की संतृप्तता मात्र से ही सन्तुष्ट हो जाते हैं।

प्राणमय कोश : प्राणमय कोश **'जीवनी शक्ति'** है जिससे जीव में संकल्प शक्ति, साहस, स्थिरता एवं दृढ़ता बोधक गुणों का विकास होता है। इसी के बल पर मनुष्य कठिन से कठिन विभीषिका संकट की घड़ी में संघर्ष करके रास्ता तय करता है। कृमि/कीट प्रतिकूल ऋतु में बिना संघर्ष किये ही प्राण त्याग देते हैं जबकि अन्य तमाम पशु-पक्षी/वन्यजीव एवं ऊपर के श्रेणी के जीव अपने साहस के बल पर बड़ी से बड़ी त्रासदियों का सामना करते हुए अपनी चेतना को जागृत रखते हैं।

मनोमय कोश : मनोमय जीव में विचारशील प्रक्रियाओं की विशुद्ध स्थिति है। मनुष्य में मनन करने की क्षमता होती है और इसी क्षमता के आधार पर उसका नामकरण किया गया है। मनुष्य में दूरदर्शिता/कल्पना शक्ति, तर्क, विवेचना, विश्लेषण करने, सुख-दुख, बुरा-भला, अच्छाई-बुराई एवं न्याय-अन्याय में भेद करने की क्षमता होती है इसलिये यह स्थिति मनुष्य योनि को ही प्राप्त है। मनुष्य मनोमय कोश के बल पर ही अपनी इच्छाओं की पूर्ति का मार्ग प्रशस्त कर सकता है तथा गलत प्रकृतियों वाली इच्छाओं पर अंकुश रख सकता है। पशु-पक्षियों में मनन् अर्थात् चिन्तन करने की क्षमता नहीं होती है इसीलिए मनुष्य योनि को अन्य प्राणियों से अलग श्रेणी में रखा गया है।

विज्ञानमय कोश : विज्ञानमय कोश मनोमय कोश की परिष्कृत स्थिति है। इसे भाव, विचार एवं संवेदना आदि का स्तर कहा जा सकता है। यह स्थिति समस्त प्राणियों में से केवल मनुष्य को ही प्राप्त है। विज्ञानमय कोश से मनुष्य में दयालुता, उदारता, सज्जनता, सहृदयता, संयम, शालीनता एवं परोपकार आदि के भावों की उत्पत्ति होती है। इसको अपनाने से मन में महानता के भाव विकसित होते हैं। इस विज्ञानमय कोश की जागृति से अन्तर्मन में दूसरों के प्रति अपने कर्तव्यों का निर्वहन करने, उनके प्रति उत्कृष्ट दृष्टिकोण रखने एवं आदर्श क्रियाकलापों को करने के भाव उत्पन्न होते हैं। महामानवों में विज्ञानमय की प्रचुरता रहती है। इस स्थिति से ही मनुष्य किसी भी सूक्ष्म चेतना के साथ सम्पर्क साध सकता है तथा अदृश्य आत्माओं, अविज्ञात हलचलों, अपरीक्षित सम्भावनाओं का आभास भी किया जा सकता है। प्राकृतिक आवश्यकताओं की पूर्ति हेतु आवश्यक संसाधनों के तमाम आविष्कार भी इसी कोश से उत्पन्न हुए हैं।

आनन्दमय कोश : आनन्दमय कोश सर्वोच्च मूलभूत स्थिति की

अनुभूति है जिसे आत्मा का वास्तविक स्वरूप कह सकते हैं। अधिकांश मनुष्य भौतिकीय विलासिता एवं सन्तुष्टि तक ही स्वयं को सीमित रखते हैं और उसी के सुख-दुख में अपनी सफलता व असफलता का बोध करते रहते हैं। आकांक्षाएं, विचार एवं उन्हें प्राप्त करने के लिए किये जाने वाले प्रयास उस छोटी मानसिकता तक ही सीमित रहते हैं और यही भवसागर का भाव-बन्धन है जिसके कुचक्र से मनुष्य को तमाम त्रास सहने पड़ते हैं।

आनन्दमय कोश जागृत होने पर मनुष्य स्वयं को अविनाशी, ईश्वरीय अंश, सत्यं शिवम् सुन्दरम् मानने लगता है। शरीर, मन, साधन, सम्पर्क यह सभी जीवन के उपकरण हैं। इस कोश के जागृत होने से हर घड़ी मन सन्तुष्ट एवं उल्लासित रहता है तथा हृदय में विचार, ज्ञान, क्रियाएं, कर्मयोग जैसी उच्च श्रेणी की भावनाएं बलवती होती हैं और यही आत्मज्ञान की स्थिति है।

ये सभी पंचकोश ही जीवन चेतना के क्रमिक विकास की प्रक्रिया है, यही सृष्टिक्रम है। मनुष्य प्रत्यक्षपूर्वक इस विकासक्रम को अपने पुरूषार्थ से साधनात्मक पराक्रम करके अधिक तीव्रता से कर सकता है और उत्कर्ष के अन्तिम लक्ष्य तक इसी जीवन में पहुँच सकता है, यही पंचकोशी साधना है। शिवगीता में कहा गया है कि-

काम क्रोधो लोभो मोहे, मात्सर्यमेव च।
मदश्रेत्यरिशदवर्गो ममेतच्छादयोअपि च।।
मनोमस्य कोशस्य धर्मा एतस्य तत्रतु।।

एवं

मनः समाधाय संयतो मनसि द्विजाः अथ।
प्रवर्तयेच्चित्तः निराकरे परात्मानि।।

यदि बात मनुष्य योनि की हो तो एक मनुष्य में काम, क्रोध, मोह, लोभ मद, मात्सर्य यह छः शत्रु और ममता, तृष्णा आदि दुष्प्रवृत्तियाँ मनोनय कोश में छिपी रहती हैं। इन पंचकोश की जागृति साधना से इन सभी का निराकरण होता है तत्पश्चात् मानसिक स्थिरता आने पर हमारा चित्त ब्रह्म परमात्मा में लग जाता है। आत्मा पर चढ़े ये पंचकोश आवरण प्याज के पत्तों के समान हैं जो कि आत्मा के प्रकाशवान स्वरूप को अज्ञान आवरण के रूप में ढकने का कार्य करते हैं। जो साधक चित्त को स्थिर करके पंचकोश की जागृति का प्रयास एवं उपासना करते हैं उसके अन्तःकरण से परतें स्वतः उतरती चली जाती हैं तब जाकर ब्रह्मज्ञान की प्राप्ति होती है और इसी जन्म में परमतत्व की प्राप्ति कर मुक्ति प्राप्त करना सम्भव हो जाता है।

जय आदिशक्ति – जय परमपिता परमेश्वर

कर्म और प्रारब्ध

पवित्र ग्रंथ श्रीमद्भगवद् गीता में कर्म के विषय में भगवान श्रीकृष्ण जी ने कहा है कि**'तू कर्म कर, फल की इच्छा मत कर'**तथा कर्म के विषय में संसार में अन्य कई कहावतें भी है :–

'जैसा कर्म करोगे वैसा फल देगा भगवान'
'संसार में भाग्य से अधिक कुछ नहीं मिलता है'
'हमारे द्वारा भोगे जा रहे फल, पूर्व जन्म के प्रारब्ध है'

इन कहावतों के पीछे सत्यता का सार यह है, कि मनुष्य को छोड़कर संसार के शेष सभी जीवों का कर्म जीवन शत् प्रतिशत पूर्व नियत प्रारब्ध अर्थात् भाग्य के आधार पर ही चलता है अर्थात् उन सभी को अपनी स्वेच्छा अर्थात् स्वतंत्र कर्म करने का अधिकार नहीं है, परन्तु मनुष्यों को कुछ कर्म तो पूर्व नियत प्रारब्ध अर्थात् भाग्य अधीन होते हैं तथा कुछ स्वतंत्र कर्म करने का भी अधिकार प्राप्त है, जिसके तहत मनुष्य अपने स्वतंत्र कर्मों में अच्छी आदतों एवं अच्छे संस्कारों का चयन करके अपने पूर्व जन्म के पापयुक्त प्रारब्धों की संख्या में कमी कर सकता है, यहां तक कि मनुष्य अपने स्वतंत्र कर्मों के तहत यदि वह लाभ–हानि तथा

यश–अपयश से परे रहकर पूर्ण रूप से परम्पिता परमेश्वर को समर्पित कर देता है तो उसको जन्म–मृत्यु के चक्र से भी मुक्ति प्राप्त हो सकती है। कर्म एवं प्रारब्ध एक दूसरे के पूरक है जो जीव के जन्म–मृत्यु चक्र के कारक भी हैं वर्तमान के कर्म ही मनुष्य के अगले जन्म में प्रारब्ध बनते हैं।

कर्म क्या होता है ?

शास्त्रों में जीव के शरीर, वाणी एवं मन के द्वारा की गयी क्रियाओं को कर्म की संज्ञा दी गयी है। कर्म–अकर्म, शुभ–अशुभ कर्म, कर्मयोग एवं कर्मबंधन आदि विभिन्न प्रकार के कर्मो की व्याख्या शास्त्रों में मिलती है परन्तु वास्तव में 'मन' द्वारा अच्छे–बुरे विचारों के आधार पर की गयी क्रिया ही 'कर्म' है क्योंकि शरीर की इन्द्रियां तो कर्म का साधन मात्र है । वैसे कर्म तो कर्म माना जायेगा उसके प्रकार का बहुत अधिक महत्व नहीं है। प्रत्येक सकारात्मक भाव से की गयी क्रिया 'पुण्य' तथा नकारात्मक भाव से की गयी क्रिया 'पाप' उत्पन्न करता है, यही दो भाव है जिससे अच्छे एवं बुरे कर्मों का वर्गीकरण होता है। कर्म का प्रारब्ध में तथा प्रारब्ध से कर्म में परिवर्तन की तीन स्थितियां होती है। संचित कर्म, प्रारब्ध या भाग्य और क्रियमाण कर्म।

संचित कर्म : मनुष्य का जड़ रूपी शरीर भौतिकता से उत्पन्न होने तथा भौतिकता में प्रत्यक्ष रहने के कारण शारीरिक इन्द्रियां सहज ही भौतिकता की ओर प्रभावित हो जाती है और आत्मा जो भौतिकता से परे एवं पवित्र है, के मध्य सेतु का कार्य करता है 'मन'। इसीलिए अच्छे–बुरे कर्म व्यक्ति के मन की इच्छा पर ही निर्भर करते है। जीव के कुछ ऐसे कर्म जो आदत पड़ जाने के कारण निरन्तरता में होते है, उन्हीं आदतों वाले कर्मो में से अधिक आसक्तिपूर्ण कुछ कर्म चित्त में संचित होने लगते है, इन कर्मो को संचित कर्म कहा जाता है, चित्त में संचित कर्मों का

लेखा–जोखा मनुष्य की मृत्यु के समय चेतना अपने साथ लेकर शरीर से चली जाती है। संचित का अर्थ ही है कुल योग अर्थात् पूर्व के समस्त जन्मों के समस्त पाप एवं पुण्य कर्मों का लेखा–जोखा जीव के खाते में डाल दिया जाता है और मनुष्य को एक जन्म में इस संचित कर्म खाते से कुछ अंष मात्र ही प्रारब्ध अर्थात भाग्य के रूप में प्राप्त होता है।

प्रारब्ध : चूँकि संचित कर्म कई पूर्व जन्मों का संग्रह होता है जो मनुष्य को किसी एक जन्म में भोग कर पाना संभव नहीं होता है, इसलिए वर्तमान जीवन में मनुष्य जो स्वतंत्र अर्थात् अपनी स्वेच्छा से कर्म करते है वो उनके संचित कर्म में समायोजित कर दिया जाता है, मनुष्य के वर्तमान जन्म में उसके लिए नियत कुल आयु में सम्पन्न होने वाले कुल कर्मो में से अनुमानतः 65 प्रतिशत कर्म मनुष्य को संचित कर्मो से प्रारब्ध के रूप में करना अर्थात् भोगना होता है जो अच्छे या खराब अथवा दोनों हो सकते है। इसी नियत प्रारब्ध के अनुसार मनुष्य को अनुकूल या प्रतिकूल स्थितियों मे जन्म लेना होता है। मनुष्यों को इन प्रारब्धपूर्ण कर्मों को तीन प्रकार की परिस्थितियों से भोगना पड़ता है।

- भौतिक रूप में अनिच्छा से उपजे कर्मफल अर्थात प्राकृतिक आपदा आदि से उपजे कर्मफल जिस पर मनुष्य का वश न हो।

- दैविक रूप में पर इच्छा से उपजे कर्मफल अर्थात् वे कर्मफल जो दूसरों के द्वारा सुख–दुःख के रूप में मनुष्य को प्राप्त होता है।

- दैहिक रूप में स्वेच्छा से उपजे कर्मफल अर्थात प्रारब्ध के अनुसार मनुष्य की बुद्धि बदल जाती है जिससे वह

वशीभूत होकर अपने भोग के लिए स्वयं कारक बनता जाता है।

उदाहरणार्थ : कोई ड्राइवर पहाड़ी पर बहुत ही अनुभव, सक्रियता और सतर्कता के साथ गाड़ी चला रहा होता है अचानक सड़क धंस जाती है और गाड़ी खाई में पलट जाती है तथा ड्राइवर की मृत्यु हो जाती है, यह दुर्घटना उस ड्राइवर का प्रारब्ध कहा जायेगा।

क्रियमाण कर्म : मनुष्य के वर्तमान जीवन में जो कुछ हो रहा है अथवा जो किया जा रहा है उसको ही क्रियमाण कर्म कहते हैं। अध्ययन एवं विश्लेषण के आधार पर अनुमानतः यह कहा जा सकता है कि वर्तमान जीवन में 65 प्रतिशत कर्म प्रारब्ध अर्थात् भाग्य के अधीन सम्पन्न होते हैं जिसके बारे में ईश्वर के अतिरिक्त किसी को भी ज्ञात नहीं होता है तथा 35 प्रतिशत स्वतंत्र कर्म करने का अवसर मनुष्य को प्राप्त होता है।

संचित कर्मों का जोड़–घटाना

जीवन के सामान्य कार्य जैसे श्वांस लेना, सोना, जागना, नहाना, आराम करना, खेलना आदि कर्म से संस्कारों का निर्माण नहीं होता है । मनुष्य को प्रकृति में जीवन–यात्रा के दौरान बरसात–धूप–छांव, पेड़–पौधे, फल–फूल, सुंदर कन्या, मनमोहक स्थल, तमाम प्रकार के जीव एवं वनस्पतियां आदि उस यात्रा में सामने आते हैं। मनुष्य इन चीजों को देखकर, गंध–सुगंध लेकर, सुनकर, छूकर अथवा स्वाद लेकर पाप एवं पुण्य में से किस प्रकार के कर्म भाव का चयन करता है, यह पूर्णतः मनुष्य पर निर्भर करता है। मनुष्य जिस भाव का अधिक चयन करता है उसी भाव के अनुरूप उसकी आसक्ति एवं स्वभाव बन जाता है तदनुसार स्वभाव

अर्थात् आदतों से संचित कर्मो में जोड़ घटाना चलता रहता है। जैसे किसी व्यक्ति में दूसरों की बुराई करने, गाली देने, अपमानित करने, किसी को नष्ट करने जैसी बुरी आदतें हो जाती हैं तो उसके संचित कर्मो में पाप भाग तेजी से बढ़ता है, वहीं यदि किसी मनुष्य के आचरण में दया, धर्म, सम्मान, दूसरों को सुरक्षा एवं सहयोग देने का भाव रहता है तो उसके संचित कर्मों में पुण्य कर्मों का भाग तेजी से बढ़ता है।

समस्त स्वतंत्र कर्म संचित होकर प्रारब्ध नहीं बनते बल्कि कुछ कर्मों को त्वरित तथा कुछ कर्मों को एक जन्म में ही परिणाम प्रत्यक्ष होता है उदाहरणार्थ : जैसे किसी ने विष खाया और उसकी मृत्यु हो गयी इसके अतिरिक्त जैसे अशुद्ध एवं नकारात्मक भोजन ग्रहण करने से कुछ ही दिनों में विभिन्न प्रकार के रोगों के रूप में परिणाम प्रत्यक्ष होना।

स्वतंत्र कर्मों एवं प्रारब्ध कर्मों के परिणामों का उदाहरण : राजा दशरथ को स्वतंत्र कर्म के तहत श्रवण कुमार के माता–पिता का अभिशाप मिला, परिणाम स्वरूप उसी जन्म में उनको भी अपने पुत्र वियोग में प्राण त्यागना पड़ा। स्वतंत्र कर्म के आधार पर भगवान श्रीरामचन्द्र जी ने बाली का वध किया जो कि श्रीरामचन्द्र जी का प्रारब्ध बना और श्रीरामचन्द्र जी के अगले जन्म कृष्णावतार में प्रारब्ध कर्म के तहत ही बाली ने बहेलिया के रूप में अपने तीर से ही श्रीकृष्ण जी का अन्त किया। राजा दशरथ ने एक सुयोग्य पुत्र के लिए स्वतंत्र कर्म किया परन्तु एक पुत्र के साथ तीन अन्य पुत्र लक्ष्मण, भरत और शत्रुघ्न सहित एक पुत्री उनको पूर्व जन्मों के प्रारब्ध के रूप में प्राप्त हुई।

क्या प्रारब्ध को बदला जा सकता है

मनुष्य के स्वतंत्र कर्मों में अच्छी आदतों से कुछ मध्यम परिणाम वाले प्रारब्धों में कुछ कमी अवश्य की जा सकती है या यह कहा जा सकता है कि जिन बुरे कर्मों का परिणाम मनुष्य को आज किसी दुर्घटना के रूप में प्राप्त होना था परन्तु उसके अच्छे नेक स्वंतत्र कर्म एवं ईश्वरीय सत्ता के प्रति सर्मपण से उन कर्मों को संचित कर्मों की लिस्ट में पीछे तथा अच्छे कर्मों के परिणामों को लिस्ट में पहले किया जा सकता है। परन्तु जन्म, मृत्यु और विवाह जैसे प्रारब्धों को बदलना संभव नहीं होता है। उदाहरण के तौर पर सम्माननीय महर्षि वशिष्ठ जैसे त्रिकालदर्शी जो भूत–भविष्य एवं वर्तमान के ज्ञाता थे उनके परामर्श पर ही शुभ मुहूर्त के इंतजार में तीन दिन तक भगवान श्रीराम चन्द्र जी की बारात राजा जनक के यहां रूकी रही तथा तीसरे दिन उनके सुझावित मुहूर्त पर ही भगवान श्रीरामचन्द्र जी का विवाह सम्पन्न हो सका परन्तु वह शुभ मुहूर्त भी श्री रामचन्द्र जी के नियत प्रारब्ध को बदल नहीं सका, अन्ततः उनके वैवाहिक जीवनकाल का प्रारम्भिक समय जंगल में व्यतीत हुआ, फिर पत्नी का अपहरण हुआ तथा उसके बाद पत्नी को जंगल में वास करना पड़ा। लेकिन शुभ मुर्हूत का एक सकारात्मक पहलू यह था कि भगवान श्रीरामचन्द्र जी एवं माता सीता की जोड़ी के त्याग एवं सत्कर्मों की प्रसिद्धि एवं प्रेरणा जन्म–जन्मातंर तक के लिए इतिहास में दर्ज हुई।

इस पूरे विषय को ऐसे समझें कि इस संसार में जब किसी जीव का पहला जन्म होता है तो उसको 100 प्रतिशत स्वतंत्र कर्म करने का अधिकार होता है। जो जीव हानि–लाभ, जीवन–मरण तथा यश–अपयश से परे जीवन जीता है तो उसका उद्धार हो जाता है तथा जन्म–मृत्यु के बंधन से मुक्त होकर परम्पिता के शरणाधीन हो जाता है, परन्तु जो भौतिकता के स्वार्थ में अपना जीवन जीता है तो उसके कर्म पाप एवं पुण्य के भागीदार बनने

लगते है तथा उसके जीवन के हर क्षण के समस्त कर्मों का लेखा–जोखा चित्त में संचय होता रहता है, जिन कर्मों का परिणाम मनुष्य को इसी जन्म में प्रत्यक्ष हो जाता है वह स्वतः घटता रहता है, अन्त में मृत्यु के समय चित्त में संचित कर्म जीवात्मा के साथ ही समाहित होकर चला जाता है, अब इन्हीं सचिंत कर्मो के परिणामों को भोगने हेतु जीव को अगला जन्म लेना पड़ता है। इसलिए मनुष्य को अपने स्वतंत्र कर्मो में पुण्य की अधिकाधिक भागीदारी करनी चाहिए जिससे संचित कर्मो में पाप कर्मो की संख्या कम हो सके। सबसे बेहतर होगा कि कर्म और प्रारब्ध के बारे में संज्ञानित होकर बेहतर गुरू की शरण लेकर अपने स्वतंत्र कर्म और अपनी मूल आदतों में मानवता, दया, धर्म, दूसरों के कल्याण एवं सहयोग की सोच रखकर कर्मो को करते हुए निरन्तर योग–मेडिटेशन के माध्यम से अपने को परम्पिता परमेश्वर की शरण में ले जाये, क्योंकि जब आप योग–मेडिटेशन करते है तो एक ओर जहाँ आपकी बुद्धि और आदतों में आमूल्य परिवर्तन होता है वहीं जीवन की जितनी अवधि में आप योग–मेडिटेशन, पूजा–पाठ से परम्पिता के शरण में रहते हैं उन क्षणों में भौतिकीय प्रभाव से होने वाले कर्मो के दुष्प्रभाव से मनुष्य बचा रहता है।

जय माता आदिशक्ति – जय परम्पिता परमेश्वर

कर्म एवं प्रारब्ध का स्रोत है "शब्द"

किसी सम्मानित व्यक्ति के द्वारा शब्दों के विषय में यह उद्‌गार व्यक्त किये गये है जिसे साभार प्रस्तुत कर रहा हूँ :–

अल्फाज को संभालकर बोलिये,
अल्फाज में भी जान होती है।
इन्हीं से होती है दुआ लोगो की,
इन्हीं से अजान होती है।
ये दिल के समंदर के वो मोती हैं,
जिनसे इंसान की पहचान होती है।

भारतीय संस्कृति में "शब्द" को ब्रह्म कहा गया है – वास्तव में **शब्द** ब्रह्माण्ड का पहला तत्व है जिसके विस्फोट से सृष्टि का सृजन हुआ इसीलिए संसार में **ब्रह्म रूपी शब्द** की ही सत्ता है, सम्पूर्ण जगत शब्दमय है तथा शब्द की ही प्रेरणा से समस्त संसार गतिशील है। **"शब्द"** में प्रयोग होने वाले अक्षरों का अंक ज्योतिष के अनुसार विष्लेषण करें तो 7 नम्बर आता है, जो कि केतु ग्रह का प्रतिनिधित्व करता है। चूँकि केतु ग्रह को धड़ माना गया है अर्थात् उसके पास मस्तिष्क का भाग नहीं है

इसलिए वह हमेशा ज्ञान व सत्यता की खोज में रहता है और सत्य की खोज ही आध्यात्म है।

मनुष्य के अन्दर विद्यमान मन के तीन कार्य हैं– स्मृति, चिंतन और कल्पना। इन तीनों से ही मन की चंचलता बनती है, यदि मन को शब्द न मिले तो चंचलता प्राप्त ही नहीं हो सकती अर्थात् उसकी गति शब्द की बैसाखी पर ही निर्भर करती है। **"शब्द"** दो प्रकार के होते हैं– व्यक्त और अव्यक्त, जब हम किसी भी भाषा के शब्दों को लड़ी में पिरोकर अपने भावों को व्यक्त कर देते है तो वह व्यक्त शब्द कहलाते हैं और जब हम अपने भावों की कल्पना मात्र करते है वह अव्यक्त शब्द की श्रेणी में आते हैं। जब तक **"शब्द"** आत्मचिंतन के स्वरूप में रहता है तब तक वह सूक्ष्म होता है लेकिन जब हम उसे व्यक्त कर देते है तो वह स्थूल हो जाता है।

हमारे कान न्यूनतम् 20 कम्पन आवृत्ति प्रति मिनट तथा अधिकतम् 20000 कम्पन आवृत्ति प्रति मिनट को ही पकड़ने की क्षमता रखते है परन्तु ब्रह्माण्ड में इससे भी कम और अधिक की सीमा में शब्दों का कंपन होता है जिसे हमारी अर्थात् मनुष्यों की श्रवणेन्द्रियां सुनने में सक्षम नहीं है। परन्तु संसार में बहुत से पशु–पक्षी व्याप्त है जिन्हें हम मनुष्यों से भी अधिक ब्रह्माण्ड के सूक्ष्म व अधिक ध्वनि स्पंदन का एहसास होता है तभी तो वे आंधी, तूफान और तमाम प्राकृतिक आपदाओं को हम मनुष्यों से पहले भांप लेते है।

समूचा अंतरिक्ष शब्दों के कंपन से ही क्रियाशील बना हुआ है। हम सभी जो भी बोलते अथवा सोचते है वह तुरंत समाप्त नहीं हो जाता है बल्कि वह अंतरिक्ष में हजारों, लाखों वर्षों तक विद्यमान होकर तरंगित होता रहता है। वर्तमान में विज्ञान ने कई तरंगों को डिकोड करके तमाम आविष्कार किये हैं।

शब्दों का प्रभाव

हमारी कल्पना जब साकार होती है तो हमें सुख और जब हमारी कल्पना को साकार रूप नहीं मिल पाता तो वह दुःख का कारण बनती है। सुख या दुःख की परिणति का कारण कल्पना है जो कि शब्दों के रूप में प्रत्यक्ष होती है इसीलिए शब्दों में बहुत बल है। अच्छे विचारों से उत्पन्न शब्द यदि सकारात्मक हैं तो वह समाज में सकारात्मक ऊर्जा का प्रसार करेंगे परन्तु यदि नकारात्मक विचारों से उत्पन्न हुए हैं तो वह समाज में नकारात्मकता का प्रसार करेगी। शब्द हमारी आंतरिक अवस्था को पढ़ने का माध्यम है। शब्दों से मिलकर बने गायत्री मंत्र से शरीर एवं प्रकृति की ऊर्जा का संतुलन होता है तथा शब्द ईश्वर से मिलने का माध्यम भी होते हैं। इसको **स्वामी विवेकानंद जी** के एक वक्तव्य से समझा जा सकता है।

एक बार **स्वामी विवेकानंद जी** शिकागो (अमेरिका) में अपना प्रसिद्ध भाषण देकर स्वदेश लौटे तो पूरे देश में उनकी तारीफ हो रही थी, उसी दौरान उनके आश्रम में एक युवक आया और वह इस बात पर बहस करने लगा कि केवल शब्दों के भाषण से कुछ नहीं होता। स्वामी जी उसकी बातों को गौर से सुनते रहे और फिर चेहरे पर क्रोध लाकर बोले तुम मूर्ख और निकम्मे हो क्योंकि तुम्हें कोई बात आसानी से समझ में नहीं आती। स्वामी जी की क्रोधपूर्ण बातें सुनकर वह भड़कते हुए बोला कि स्वामी जी आप तो सन्यासी हैं इसलिए आपके मुख से प्रेम की भाषा शोभा देती है ऐसे कटु शब्द शोभा नहीं देते, तब स्वामी विवेकानंद जी मुस्कुराकर बोले मेरी बातों का बुरा मत मानना क्योंकि मैं आपको शब्दों का महत्व समझाने के लिए ही ऐसे शब्दों का प्रयोग कर रहा था। ये शब्द ही हैं जिनका प्रयोग कर लोग एक दूसरे को अपना बनातें है और इन्हीं का प्रयोग कर एक दूसरे के बीच दूरियां भी बढ़ाते हैं।

'शब्द' हमारे कर्म और प्रारब्ध का स्रोत

क्या आप जानते हैं कि हमारे द्वारा लाखों–करोड़ों वर्ष से इस ब्रह्माण्ड में उपयोग किये गये शब्द एवं भावों को संरक्षित कर उनके आधार पर हमारे कर्म और प्रारब्ध का निर्धारण किया जाता है। किसी भी कर्म के लिए कल्पनाशील होना अति–आवश्यक होता है और जब कल्पना में प्रतिबद्धता आती है तो वह भाव बनकर शब्दों के रूप में प्रत्यक्ष होते हैं जिसके आधार पर कर्म का सृजन होता है। जब कर्म अच्छे होगें तो परिणाम भी अच्छे होंगे परन्तु कर्म के मूल में शब्द रूपी भाव निहित है इस कारण मनुष्य को भाव रूपी शब्दों को प्रकट करने से पूर्व कई बार सोचना चाहिए अन्यथा हम सभी को अर्थ अथवा अनर्थ किसी भी परिणाम के प्रत्यक्षीकरण के लिए हर क्षण सज्ज रहना होगा। इसको महाभारत काल में भगवान श्रीकृष्ण तथा द्रौपदी के मध्य हुए एक छोटे से संवाद से समझा जा सकता है।

महाभारत युद्ध के परिणाम से द्रौपदी का मन बहुत क्षुब्ध हो गया क्योंकि हस्तिनापुर राज्य में पुरूषों का अकाल पड़ गया, चारों ओर विधवायें और अनाथ बच्चे ही दिखाई पड़ रहे थे, ऐसे में जब द्रौपदी अति व्याकुलता से अपने महल में एकचित्त निहार रही थी तो उसी समय भगवान श्रीकृष्ण का महल में आगमन हुआ तो द्रौपदी उनसे लिपटकर रोने लगी और उनसे पूछा "ये क्या हो गया सखा, ऐसा तो मैने कभी सोचा न था"? तो भगवान श्रीकृष्ण ने द्रौपदी से पूछा "क्या हुआ सखी, अब तो तुम्हारी सभी इच्छायें पूर्ण हो गयी हैं तो फिर किस बात का रूदन?" उनकी बातें सुनकर द्रौपदी ने भगवान श्री कृष्ण से पूछा कि "क्या आप हमारे घावों को सहलाने आये हैं या फिर उन पर नमक छिड़कने आये हैं?" तब भगवान श्री कृष्ण ने कहा कि "सखी नियति बहुत क्रूर होती है वह हमारे सोचने के अनुरूप नहीं चलती है, वह हमारे कर्मों को परिणामों में बदल देती है। हमारे कर्मो के परिणामों को

हम दूर तक देख नहीं पाते हैं और जब वह परिणाम हमारे सामने प्रत्यक्ष होते हैं तो फिर हमारे हाथ में कुछ नहीं रहता है। यदि तुमने अपने शब्दों के चयन में दूरदर्शिता रखी होती तो परिणाम कुछ और होते।" तब द्रौपदी ने भगवान श्री कृष्ण से पूछा कि "मैं ऐसे में क्या कर सकती थी कृष्ण?" तब **भगवान श्री कृष्ण जी** ने द्रौपदी से कहा कि –

- जब तुम्हारा स्वंयवर हुआ था तो तुम कर्ण को अपमानित नहीं करती बल्कि उसको प्रतियोगिता में हिस्सा लेने देती तो शायद परिणाम कुछ और होते।
- जब कुंती ने तुम्हें पाँच पतियों की पत्नी बनने का आदेश दिया तो तुम उसको स्वीकार नहीं करती तो शायद परिणाम कुछ और होते।
- तुमने अपने महल में दुर्योधन को "अंधे का पुत्र अंधा" कहकर अपमानित किया, यदि तुम ऐसा नहीं कहती तो चीरहरण नहीं होता और शायद परिस्थितियां कुछ और होती।

जैसा कि कहावत है "तोलमोल के बोल", इसलिए हम सभी को सदैव शब्द के आध्यात्मिक गुण एवं प्रभावों को स्मरण रखकर ही अपनी दिनचर्या को मूर्तरूप प्रदान करना चाहिए तथा अपनी कल्पनाओं और भावों को सदैव सकारात्मक रखना चाहिए तथा हर शब्दों को निकालने से पहले उनके दूरगामी परिणामों के बारे में ठीक से विश्लेषण करना चाहिए ताकि शब्दों से निर्मित कर्म तथा कर्म से निर्मित प्रारब्ध हम सभी को मुक्ति की ओर ले जाने में अपेक्षित सफलता प्रदत्त कर सके।

जय माता आदिशक्ति – जय भोलेनाथ

"विचार शक्ति है व्यक्तित्व की छाया"

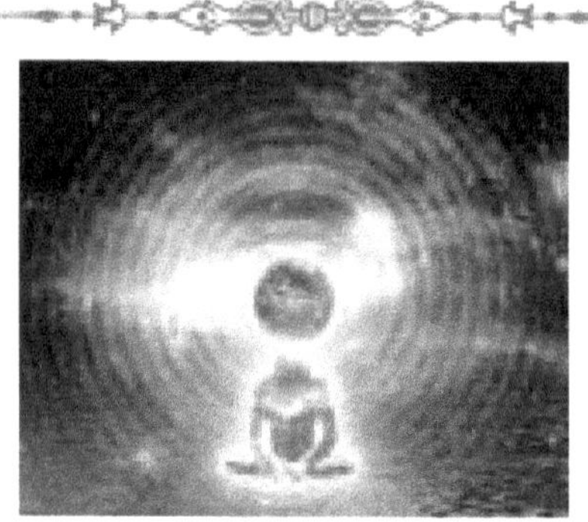

"विचार शक्ति" व्यक्ति के व्यक्तित्व का प्रतिबिम्ब होती है, मनुष्य जीवन में कर्म के लिए विचारों का होना अति–आवश्यक होता है अर्थात् विचार के बिना कर्म अस्तित्व विहीन होता है अथवा यह भी कहा जा सकता है मनुष्य की **"विचार शक्ति"** उसके कर्म की सीढ़ी का पहला पायदान होती है। मनुष्य का मन विचारों का उद्‌गम स्थल होता है तथा कोई भी मनुष्य पूर्ण स्वतंत्रता के साथ अपने मन में विचारों की उत्पत्ति नहीं कर सकता। चूँकि हम सभी का जीवन कर्म और प्रारब्ध का संगम है इसी कारण हमारे मन में कर्म करने हेतु विचारों की उत्पत्ति या तो पूर्व से तय प्रारब्ध के कारण होती है अथवा किसी वस्तु, स्थिति, परिस्थिति, इच्छाओं और आवश्यकताओं से प्रभावित होकर हमारे मन में विचारों का जन्म होता है।

मनुष्य के विचार ही उसका स्वभाव तय करते हैं, साथ ही मनुष्य के अंदर दृढ़ता, संशय एवं भय का वातावरण उत्पन्न करने के लिए भी मनुष्य के विचार ही जिम्मेदार होते हैं इसलिए कहा गया है कि यदि मनुष्य की विचार शक्ति दृढ़ संकल्पित हो तो वह किसी भी प्रकार की इच्छा की पूर्ति करने में स्वयं सक्षम है।

'संशययुक्त विचार' मनुष्य में भय उत्पन्न कर उसको लक्ष्य से भटकातें है।

मनुष्य की भ्रमित अर्थात् संशययुक्त **"विचार शक्ति"** उसको लक्ष्य से भटकाती है क्योंकि संशयपूर्ण विचार मनुष्य के अंदर भय और नकारात्मक वातावरण उत्पन्न करते हैं। इस बारे में भगवान श्रीकृष्ण जी ने श्रीमद्भगवद्गीता में अर्जुन को उपदेश दिया है :–

अज्ञश्चाश्रद्दधानश्च संशयात्मा विनश्यति।
नायं लोकोअस्ति न परो न सुखं संशयात्मनः।।

अर्थात् अज्ञान और संशय से ग्रसित व्यक्तित्व विनाश को उपलब्ध हो जाता है भगवतप्रेम रहित और संशय से भरा पुरूष न तो इस लोक में सुख पाता है और न ही परलोक में। यहाँ संशय का तल मन तथा भगवत प्रेम का तल आत्मा है, यदि व्यक्ति के अंदर भगवतप्रेम हो तो उसके विचारों में संशय का कोई स्थान नहीं होता है।

मनुष्य के मन में जो भी विचार उत्पन्न होता है उसे कर्म में परिणित होने से पूर्व सर्वप्रथम आत्मा की पवित्र विचारशाला में बुद्धि रूपी प्रशासक और मार्गदर्शक के समक्ष उपस्थित होना होता है, यदि विचार पवित्र एवं उत्तम है तो बुद्धि मनुष्य को उक्त कार्य को करने के लिए उचित मार्ग प्रशस्त कर कर्म करने हेतु उत्साहित करती है तत्पश्चात् यदि वह विचार दृढ़ संकल्पित होता है तो कर्म में परिणित हो जाता है परन्तु यदि विचारों में दृढ़ता नहीं होती है अथवा बुद्धि के समक्ष विचार प्रस्तुत करते समय मन में कोई संशय होता है तो बुद्धि द्वारा सुझाये गये मार्ग में भी उसे भय और संशय ही प्रत्यक्ष होता है, ऐसे विचार कर्म में परिणित होने के स्थान पर अवचेतन मन में चले जाते है जो मनुष्य को बार–बार सशंकित करते रहते हैं। परन्तु यदि पूर्व जन्म

जन्मान्तर से चित्त में संचित प्रारब्ध अथवा वर्तमान के आसक्तिपूर्ण इच्छा से उत्पन्न होने के कारण विचार अपवित्र अथवा अनुचित है तो आत्मा की विचारशाला में बुद्धि आगे का मार्ग बताने के बजाय बार–बार उन विचारों को कर्म में परिणित होने से रोकती है और यह इंगित करती है कि इससे आपके संस्कार प्रदूषित होंगे तथा प्रदूषित संस्कारों से किये गये कर्म का परिणाम भी पीड़ादायक होंगे। इन स्थितियों में यदि चित्त में जन्म जन्मांतर से संचित संस्कार नकारात्मक अथवा प्रदूषित हैं तो मनुष्य का चित्त उसके मन पर हावी होकर उसे नकारात्मक एवं प्रदूषित संस्कार से प्रेरित होकर कर्म करने का रास्ता बताता है, फलतः मनुष्य का मन अपनी बुद्धि द्वारा दी गयी पवित्र सलाह को ठुकराते हुए चित्त की सलाह मानकर अपने कर्मो को अंजाम देता है और जब मन इस प्रक्रिया से बार–बार गुजरता है अर्थात् बार–बार पवित्र आत्मा की विचारशाला में बुद्धि की सलाह को ठुकराता है तो उसका वर्तमान आचरण और संस्कार भी नकारात्मक और प्रदूषित हो जाता है। इसीलिए कहा गया है कि कर्म करने से पहले कई बार सोचें, विचारें और अपने कर्मो में पवित्र आत्मा एवं बुद्धि की बातों को आत्मसात करें जिससे आपके संस्कार और इन संस्कारों से बनने वाले प्रारब्ध भी सकारात्मक एवं उन्नतिपूर्ण होगें।

वेदों में कहा गया है **"अहं ब्रह्मास्मि"** अर्थात् जीव और ईश्वर में कोई भेद नहीं होता है। देव, दानव एवं मानव कहीं कोई भेद नहीं है बल्कि मनुष्य के अच्छे संस्कारो से परिपूर्ण दृढ़ संकल्पित **विचार शक्ति** उसे इसकी श्रेणी प्रदत्त करती है। जो मनुष्य निःस्वार्थ भावना से, अथक व अनवरत जनकल्याण में सेवारत रहते हैं, वे मनुष्य ही देव की श्रेणी में गिने जाते है। मनुष्य योनि में ही जन्मित मर्यादा पुरूषोत्तम श्री राम, महान ज्ञानी, धर्म एवं प्रेम के प्रतीक श्री कृष्ण, महात्मा बुद्ध जैसे कई महापुरूषों को भगवान का दर्जा एवं मान्यता प्राप्त है। इसी प्रकार जो मनुष्य अपने विचारों में भौतिक आवश्यकताओं की पूर्ति को ही अपने जीवन

का लक्ष्य बनाकर गृहस्थ जीवन यापन करता है वह मानव की श्रेणी में गिना जाता है परन्तु इसके विपरीत जो मनुष्य अपने जीवन का हर कर्म केवल दूषित मानसिकता से अपनी आसक्तिपूर्ण इच्छाओं– आंकाक्षाओं की पूर्ति के लिए करता है, वह मनुष्य योनि में होते हुए भी दानव की श्रेणी में आता है।

इस **'विचार शक्ति'** के विषय को हम महाभारत काल में वीर अर्जुन के कर्मो से ठीक से समझ सकते है। महाभारत के युद्ध में अर्जुन के सारथी स्वयं भगवान श्री कृष्ण जी थे परन्तु स्वयं भगवान का साथ और सानिध्य होने के बावजूद भी जिस समय अर्जुन ने महाभारत के युद्ध के लिए सज्ज होकर रणभूमि में प्रवेश किया तो उनके मन में अपनों का विनाश तथा प्रकृति के सृजन और विनाश आदि विभिन्न विषयों पर विचार उत्पन्न होने लगे जिसके परिणामस्वरूप वह अपने कर्म हेतु अपने विचारों को संकल्पित नहीं कर पाये और उनके मन में आशंका एवं भय का जन्म हुआ, तत्समय भगवान श्री कृष्ण जी ने अर्जुन को मनुष्य के जन्म और कर्म के विषय में गीता का उपदेश दिया जिसके उपरान्त रणभूमि में युद्ध रूपी कर्म के लिए अर्जुन के मन में विचार दृढ़ संकल्पित हुए और अंततः उन्होंने महाभारत युद्ध में पूर्ण क्षमता के साथ अपने कौशल का प्रदर्शन किया और जीत भी हासिल की। महान् तपस्वी एवं ज्ञानी ऋषि–मुनियों द्वारा जिस प्रकार वेद–पुराणों की रचना की गयी वह उनकी दृढ़ संकल्पित दिव्यतापूर्ण विचार शक्ति का ही प्रत्यक्षीकरण है। आज के युग में भी विश्व के अनेक वैज्ञानिकों ने जिस प्रकार असंभव प्रतीत होने वाले बड़े–बड़े आविष्कार किये वो उनकी दृढ़ संकल्पित विचार शक्ति का ही द्योतक है। अतएव हम सभी मनुष्यों को मन में उत्पन्न होने वाले विचारों में सदैव पवित्र भाव रखकर अपनी आत्मा की आवाज के आधार पर कर्म करने को वरीयता देना चाहिए।

जय माता आदिशक्ति – जय भोलेनाथ

जीवन का प्रकाश पुंज होता है 'गुरू'

'गुरू' शब्द जिन दो अक्षरों से मिलकर बना है उसमें से **'गु'** का तात्पर्य **'अंधकार'** तथा **'रू'** का तात्पर्य **'प्रकाश'** से होता है, अर्थात् गुरू वह होता है जो आपके अन्दर व्याप्त अज्ञान रूपी अंधकार में उजाला भर दे। संसार में प्रथम आदिगुरू भगवान शिव को माना जाता है जिन्होने संसार में ज्ञान का प्रचार-प्रसार करने हेतु सर्वप्रथम सप्तऋषियों को शिष्य बनाकर उन्हें गृहस्थ आश्रम तथा सांसारिक जीवन चक्र से सम्बन्धित शिक्षा प्रदान की जिसके पश्चात् इन सप्तऋषियों द्वारा वेद-पुराणों एवं अन्य उचित माध्यमों से समाज में ज्ञान का प्रचार-प्रसार किया गया। गुरू की महत्ता के सम्बन्ध में संत शिरोमणि श्री तुलसीदास जी महाराज ने लिखा है कि -

गुरू बिन भवनिधि तरहि न कोई,
जौ विरंचि संकर सम होई।

अर्थात् संसार में भले ही कोई प्राणी ब्रह्मा अथवा शंकर के समान क्यों न हो परन्तु वह गुरू के बिना भवसागर पार नहीं कर सकता। संसार में व्यवहारिक रूप से माता-पिता, शिक्षक एवं किसी कार्य विशेष पर पथ प्रदर्शक की भूमिका निभाने वाले कुछ वरिष्ठ, मित्र अथवा सहयोगी को गुरू की संज्ञा दी जाती है परन्तु वास्तविकता यह है कि शिक्षक, वरिष्ठ, मित्र अथवा सहयोगी जो कि स्वयं अपनी जीविका संचालन के दायित्वों के तहत किसी दूसरे को मूलतः रोटी,

कपड़ा, मकान व सुरक्षा की विषयवस्तु पर अध्यापन अथवा उद्देश्य प्राप्ति हेतु शिक्षा-दीक्षा देने का कार्य करते हैं उन्हें उसी विषय-वस्तु के परिप्रेक्ष्य में गुरू का सम्मान देना तो सर्वथा उचित है परन्तु उनको सम्पूर्ण गुरू नहीं कहा जा सकता।

यदि बात की जाय माता-पिता की तो संसार में कुछ अपवाद स्वरूप ही ऐसे माता-पिता होंगे जिन्होंने अपनी सन्तानों को जीवन के वास्तविक ज्ञान से अभिसिंचित कराया हो, अधिकांश माता-पिता अपनी संतानों से अपने मोहवश भावनात्मक संतुष्टि एवं स्वार्थ पूर्ति के भाव में केवल गृहस्थ जीवन के कर्तव्यबोध की शिक्षा देने तक सीमित रहते हैं क्योंकि उनको सदैव यह भय रहता है कि जीवन उद्देश्यों का वास्तविक ज्ञान प्राप्त कर उनकी संतान अपना गृहस्थ जीवन छोड़कर कहीं साधू-सन्यासी बनकर उनसे दूर न चली जाय, जबकि माता-पिता को निःस्वार्थ भाव में अपनी सन्तानों को गृहस्थ सांसारिक कर्म-कर्तव्यों के साथ मोक्ष पाने हेतु समुचित ज्ञानवर्धन कराना चाहिए।

वास्तव में माता-पिता, शिक्षक एवं कर्तव्यपथ के तमाम वरिष्ठ एवं सहयोगीगण में से सम्पूर्ण गुरू कहलाने का समुचित पात्र वही होता है जो निःशुल्क एवं निःस्वार्थ भाव से गृहस्थ जीवन के कर्तव्यों-दायित्वों का निर्वहन के साथ जीवन के मूल उद्देश्यों से परिचय कराकर जीवन चक्र से मुक्ति का उपाय बताता है। गुरू केवल मनुष्य का ज्ञानार्जन कराने एवं उपाय बताने तक ही सीमित नहीं होता है अपितु उसे रास्ते पर चलने हेतु सज्ज कराकर उस रास्ते पर चलने का अभ्यास कराकर अन्ततः जीवन चक्र से मुक्ति प्राप्त कर आत्मा अंश को ईश्वर में विलीन कराने का सफल एवं समुचित प्रयास करता है इसीलिए हमारे समाज में गुरू को ईश्वर से भी ऊपर का स्थान प्रदान किया गया है।

मनुष्य की अज्ञानता यही है कि जब वह अंधकार में होता है तो सूरज की रोशनी मिलने तक व्याकुल रहता है परन्तु जब ज्ञान

रूपी सूरज की रोशनी को प्राप्त कर लेता है तो रोशनी देने वाले परम् सत्य तत्व सूरज को भूल ही नहीं जाता बल्कि वह मायारूपी भौतिक जगत को ही परम सत्य मानता है और इस भौतिक जगत अथवा भौतिक शरीर के संचालक तत्व अर्थात् चेतन तत्व को सदैव भूला रहता है, जबकि सृष्टि की संचरना एवं उसकी समस्त क्रियाओं का मूल तत्व चेतन ही है। चेतन रूपी मूल तत्व के प्रति संवेदनहीन रहकर जड़ स्वरूप को ही सब कुछ मान लेना अज्ञानता है। इस अज्ञानता का नाश कर परमात्मा का ज्ञान कराने वाले ही वास्तविक गुरू होते हैं।

गुरू की महिमा समझने के लिए संत कबीर दास जी की सद्गुरू के सन्दर्भ में लिखी गयी इन दो पंक्तियों को आत्मसात करना चाहिए -

तीरथ गए तो एक फल, संत मिले फल चार।
सद्गुरू मिले अनंत फल, कहे कबीर विचार।।

ईश्वर के बहुमूल्य आर्शीवाद से हमें मनुष्य योनि के रूप में जीवन जीने का अवसर प्राप्त हुआ है जो हम सभी के लिए परम सौभाग्य की बात है, इसलिए जन्मोपरान्त आदर्श जीवन जीने की कला जानने के लिए अपने माता-पिता तथा शिक्षकों से आवश्यक शिक्षा अवश्य ग्रहण करनी चाहिए परन्तु ईश्वरीय सत्ता, ईश्वर द्वारा सृजित सृष्टि तथा सांसारिक जीवन चक्र से मुक्ति के विषयों को ठीक से समझने के लिए हर मनुष्य को एक अच्छे गुरू के शरणागत होना चाहिए ताकि वह मायारूपी संसार में चेतन तत्व एवं प्रकृति अर्थात् जड़ तत्व को ठीक से समझकर अपने गृहस्थ दायित्वों का निर्वहन करते हुए जीवन चक्र से मोक्ष गति को प्राप्त कर सके तथा उसे स्वयं भी गुरू से अर्जित ज्ञान का प्रचार-प्रसार कर पुण्य अर्जित करना चाहिए, यही मनुष्य योनि में जन्म लेने की सार्थकता है।

जय माता आदिशक्ति – जय भोलेनाथ

प्रेम से ही होता है श्रद्धा और समर्पण का जन्म

परमात्मा शब्द दो शब्दों 'परम' और 'आत्मा' से बना है। परम का अर्थ 'सर्वोच्च' तथा आत्मा से अभिप्राय है 'चेतना' जिसे प्राण शक्ति भी कहा जाता है। मनुष्य योनि में जन्म लेने का एक मात्र उद्देश्य है परमात्मा को जानना अर्थात् मोक्ष की प्राप्ति।

मनुष्य का जीवन परमात्मा को जानने के लिए एक अहम वरदान है परन्तु वर्तमान पीढ़ी अपने जन्म की सार्थकता से बहुत दूर आ चुकी है। उसने अपनी आवश्यकताओं को गौड़ कर इच्छाओं को इतना प्रबल कर दिया है कि यह समाज आज 'अर्थ प्रधान' हो चुका है जिसके कारण समाज में ईर्ष्या, द्वेष, कलह, उन्माद, निराशा एवं मानसिक द्वंद बढ़ रहा है। कभी–कभी तो इस संघर्ष से उत्पन्न मानसिक तनाव से जीवन में कटुता भर जाती है और आत्मविश्वास के सारे मार्ग अवरूद्ध हो जाते हैं।

वर्तमान समाज में भी कुछ व्यक्तित्व ऐसे भी वास करते हैं जो अपनी आत्मा को ही परमात्मा मानकर अपने जीवन में आध्यात्म को आत्मसात करके अपने कर्म करते हैं, वे पूर्व के युगों की भाँति इस युग में भी कई शक्तियाँ हासिल कर समाज को लाभान्वित करते रहते हैं और इस युग में भी 100 वर्ष से भी अधिक का निरोगी जीवन जीने के कई उदाहरण हैं। ऐसे लोग अपने जीवन में प्रेम को सर्वोच्च स्थान देते हैं, प्रेम से ही श्रद्धा और समर्पण का

जन्म होता है। इस प्रकार के लोग अपने जीवन में अपनी पुरानी रीतियों, परम्पराओं एवं संस्कृतियों का सम्पूर्ण अनुसरण करते हैं जैसे अपने माता–पिता तथा अपने से बड़े गुरू, शिक्षकों आदि का पूर्ण सम्मान कर उनसे यथासम्भव ज्ञान एवं आर्शीवाद ग्रहण करते हैं एवं समाज के अन्य प्राणियों को यथासम्भव सहयोग करते हैं तथा धर्मपूर्वक अपना जीवन जीते हैं। भले ही वर्तमान पीढ़ी अथवा उसके परिवार का युवा ही उनके रहन–सहन, पहनावा एवं कार्य संस्कृति को पिछड़ा मानकर उनके साथ व्यवहार करे परन्तु वह शिवत्व की तरह किसी मान–सम्मान एवं अपमान से परे रहते हैं, यहाँ तक कि बैर–द्वेष उनके जीवन में कभी निकट नहीं आता है, समाज में दूसरो के लिए उनका जीवन उस नमक के समान होता हे जो भोजन में प्रत्यक्ष रूप से दिखायी तो नहीं देता है परन्तु भोजन ग्रहण करने वाले को उसकी कमी अवश्य परिलक्षित होती है। यही शान्ति एवं सुखपूर्वक जीवन जीने की निशानी है।

पूर्व युगों का समाज अपने कर्मयोग में आध्यात्म को प्रधानता देता रहा है, गीता के आठवें अध्याय में अपने स्वरूप अर्थात् जीवात्मा को अध्यात्म कहा गया है। वेद-पुराणों में लिखा है कि आध्यात्म प्रधान जीवन जीने से पूर्व के युगों के मनुष्य निरोगता के साथ हजारों हजार वर्ष का जीवन जीते थे तथा यंत्रों, वाद्यों व मंत्रों से युक्त विद्या से ही जीवन की समस्त आवश्यकताओं की प्रतिपूर्ति, अपनी दिव्य शक्तियों से युद्ध का कौशल तथा साधनाओं से भवन निर्माण जैसी कलाओं तथा पुष्पक विमान का निर्माण करते थे। पुराणों में यह भी उल्लेख है कि कुछ अद्‌भुत योगी अपने योग एवं तपस्या के मंत्र से मनुष्य की जीवन रक्षा करने का कौशल भी रखते थे।

21वीं सदी के समाज ने अपनी बुद्धि एवं विवेक से सृजनात्मक अर्थ प्रधान एवं तकनीकी युग का निर्माण कर बहुत सारी उल्लेखनीय उपलब्धियाँ हासिल की हैं, यहाँ तक कि कई विषयों में उसने

दुनिया को मुट्ठी में कर लिया है, परन्तु यदि बात उनके सुखमय जीवन के बारे में की जाय तो समाज में अधिकतर लोग मानसिक अशान्ति में अपना जीवन जी रहें है। इन विशिष्ट उपलब्धियों से कुछ विषयों में तात्कालिक सुख तो अवश्य प्राप्त होता है परन्तु उनके जीवन में आत्मिक शान्ति का अभाव होता चला जा रहा है। इसका प्रमुख कारण है कि वर्तमान युग का अधिकांश समाज यह जानने का प्रयास ही नहीं करता जिस शक्ति एवं बुद्धि से वे उल्लेखनीय उपलब्धियाँ हासिल कर रहे हैं, उस शक्ति एवं बुद्धि की संरचना किसने की है, यह संरचना इस पीढ़ी के समाज की या फिर परमपिता परमात्मा की? यह भी मनन अवश्य करना चाहिए कि मनुष्य के शरीर का संचालन कैसे हो रहा है? यदि शरीर संचालनकर्ता अर्थात् शरीर में जीवन के रूप में विद्यमान शिवरूपी अंश ने अपने व्यक्तिगत सुख के लिए कुछ क्षणों के लिए आपके शरीर का परित्याग कर दिया अथवा कुछ क्षण के विश्राम के लिए ही निद्रावस्था में चला जाय तो क्या व्यक्ति द्वारा संचित वर्तमान उपलब्धियाँ उसके जीवन के कुछ क्षणों का भी संचालन कर सकती हैं अर्थात् हर क्षण यह स्मरण रखना आवश्यक है कि परमपिता परमात्मा अपने सुख की चिंता किये बिना निर्बाध रूप से मनुष्य का जीवन संचालित करता है। ऐसे में मनुष्य को अपनी जीवन यात्रा के हर क्षण में प्रकृति से संरचित शरीर रूपी देवालय में विद्यमान सर्वशक्तिमान शिवरूपी आत्मा पर ध्यान केन्द्रित करना चाहिए एवं उस विद्यमान शक्ति से ही यदि आँख बंद करके प्रार्थना करें तो उसकी समस्या का समाधान स्वतः मिल जायेगा।

हम सभी को मनुष्य योनि में जन्म मिला है तो परमपिता को धन्यवाद ज्ञापित करते हुए बस बहुत छोटा सा प्रयास करके अपने कर्मयोग के आध्यात्म को समाहित करें, आपके अन्दर प्रेम व करूणा का वास स्वतः पैदा हो जायेगा। उनको उनके संस्कार

एवं जिम्मेदारियों का बोध स्वतः होगा। अपने माता-पिता, गुरू, शिक्षक एवं समाज के शिवरूपी मनुष्यों के साथ उन्हें किस तरह का व्यवहार करना चाहिए, यह भी उनके आचरण का अंग बन जायेगा। इन बातों के आ जाने से आपकी आत्मा सुख से संतृप्त हो जायेगी। आत्मा की संतृप्ति से सकारात्मक तेज ऊर्जा के प्रवाह से पूरा सामाजिक वातावरण ही सकारात्मक ऊर्जा से परिपूर्ण हो जायेगा। यह हम सभी जानते हैं कि जहाँ सकारात्मक ऊर्जा का वास होता है वहीं बैठने, उठने और निवास करने में सुख एवं शान्ति की प्राप्ति होती है। एक छोटा सा प्रयास करके देखें, निश्चित ही आपका जीवन सार्थक होगा।

जय माता आदिशक्ति – जय परमपिता परमेश्वर

खुशहाल जीवन के लिए प्रेम को आत्मसात करें न कि मोह को

वर्तमान समाज प्रेम की अपेक्षा मोह में अत्यधिक संलिप्त है तथा समाज इसको स्वीकारता भी नहीं है, बल्कि वह यही कहता है कि वह अमुक समाज, अमुक व्यक्ति, अमुक वस्तु तथा अपने परिवार के सदस्यों के साथ अत्यधिक प्रेम करता है। इन दोनो शब्दों तथा उनकी क्रिया में मामूली सा अन्तर प्रदर्शित होता है परन्तु वास्तव में इसके भाव तथा परिणामों में बहुत ही बड़ा अन्तर है। प्रेम शाश्वत गुण है, जीवन का आधार है। एक बार प्रेम की पहचान कर उससे जुड़ने से प्रेम सदैव बढ़ता रहता है परन्तु मोह में स्वार्थ होता है इसलिये उसमें समय–समय पर उतार–चढ़ाव आता रहता है। प्रेम एवं मोह दोनो की क्रियाओं में भावनायें प्रधान होती हैं। प्रेम में सदैव कुछ कर गुजरने की इच्छा रहती है अर्थात् स्वयं का समर्पण प्रेम करने वाले के प्रति अटूट रहता है परन्तु मोह में स्वार्थ रहता है इस कारण जब किसी वस्तु से मोह भंग होता है तो व्यक्ति और उसकी भावनाओं को ठेस पहुँचती है। प्रेम में आजादी है तथा मोह एक बन्धन है।

जीवन के परिप्रेक्ष्य में प्रेम और मोह के विषय में वस्तुतः यह कहा जाता है कि जीवन बहुत सुन्दर है उससे सदैव प्रेम करो परन्तु व्यवहारिकता यह है कि मनुष्य जीवन पाते ही धीरे–धीरे मोह अर्थात् आसक्ति में ऐसा जकड़ जाता है कि परम्पिता परमेश्वर

की कृपा और उन्हीं के ऊर्जा तत्वों से निर्मित शरीर पर मनुष्य अपना अधिकार समझ बैठता है जब कि उसको यह ज्ञान है कि उसके शरीर को तो एक न एक दिन नष्ट होना है, फिर भी वह अपने शरीर के प्रति इतना अधिक आसक्त हो बैठता है और उसके प्रति कर्तव्य कम और उससे अपेक्षा अधिक रखता है, इन्हीं कारणों से शरीर के ऊर्जा तत्वों में विभिन्न प्रकार के असन्तुलन देखने को मिलते हैं और शरीर को अपने स्वार्थ में उसकी क्षमता से अधिक उपयोग करने से उसमें विभिन्न प्रकार के रोग उत्पन्न होते रहते हैं।

प्रेम के विषय में परमपिता परमेश्वर कहते हैं कि संतान के जन्म का माध्यम कोई न कोई मनुष्य अवश्य होता है परन्तु मनुष्य यह भूल जाता है कि संतान का जन्म तो परमपिता परमेश्वर की इच्छा एवं प्राकृतिक जन्म–चक्र के विधानों के अन्तर्गत पूर्व प्रारब्ध को भोगने अथवा परमपिता द्वारा तय किये गये कर्मों का क्रियान्वयन करने के लिए ही होता है, कोई पिता अपनी संतान को ही जन्म नहीं देता है बल्कि संतान भी मनुष्य को पिता रूपी जन्म देती है इसलिये पिता एवं संतान दोनो के अपने–अपने कर्तव्य होते हैं कि वह प्राकृतिक विधान के तहत एक दूसरे से प्रेम रखकर अपने दायित्वों का निर्वहन करें परन्तु अधिकतर पिता तो यही कहते हुए मिलते हैं कि हमारी संतान हमारा नाम रोशन करेगी, हमारे कर्मों का सहारा बनेगी, हमारे कुल को बढ़ायेगी और हमारे बुढ़ापे का सहारा बनेगी अर्थात् पिता अपने हर कर्म और दायित्व में संतान से अपेक्षा ही करता है तो फिर यह प्रेम कहाँ से हुआ, प्रेम में तो केवल कर्तव्यों का निर्वहन करना होता है, अपेक्षा करना नहीं। संतान का जन्म उसके पूर्व संचित कर्मों के भोग के लिये हुआ है इसलिये जब पिता पुत्र के कर्म को अपनी इच्छा और अपेक्षा के अनुरूप नहीं पाता है तो उसको मानसिक कष्ट पहुँचता है अथवा वह अपने अन्दर असम्मान का भाव भी अनजाने में उत्पन्न करता है।

भगवान श्रीकृष्ण ने द्वापर युग में अवतरित होकर प्रेम की परिभाषा को ठीक से समझाया कि मनुष्य को अपनी संतानों, परिवार और समाज के प्रति अपने दायित्वों का निर्वहन कर उनसे प्रेम करना चाहिए न कि स्वार्थी बनकर अपनी ही संतानों एवं परिवार के प्रति दायित्व का निर्वहन करना चाहिए। यदि एक चिड़िया का उदाहरण लें, उसमें भी जीव का वास है, वह अपने दायित्वों के अनुसार परमपिता परमेश्वर की इच्छा से परिवार की बढ़ोत्तरी करती है, उसके लिए कड़ी मेहनत कर घोंसले का निर्माण करती है और संतान को जन्म देती है, फिर एक दिन वह उसको उड़ना सिखा देती है और तत्पश्वात् संतान कहीं और उस संतान की जन्मदाता कहीं और उड़कर अपने–अपने जीवन का निर्वाह करते हैं। उन्हें अपनी संतानों के प्रति केवल प्रेमपूर्ण कर्तव्यों का बोध रहता है, न कि अपनी संतानों को जीवन भर अपने साथ एक ही घोंसले में चिपकाकर रखने का स्वार्थ प्रत्यक्ष होता है।

मोह मनुष्य को जीवन से मोक्ष पाने में बहुत बड़ी बाधा उत्पन्न करता है, वास्तव में शास्त्रों में मोह को ही आशक्ति का नाम दिया गया है यानी मनुष्य न केवल अपनी संतानों, परिवार और समाज के प्रति मोह रखता है बल्कि उसको रंग–बिरंगी मायारूपी प्रकृति की हर सुन्दर रचना अपनी ओर आकृष्ट करती है। जब मनुष्य अपनी बुद्धि का प्रयोग कर अपनी अनंत इच्छाओं पर लगाम लगाने में सक्षम रहता है अर्थात् अपनी आवश्यकताओं तक ही स्वयं को सीमित रखता है तो काफी हद तक वह आशक्ति से बचता है और अगले जन्म के लिए अपने संचित कर्मों में अच्छे कर्मों का संचय अधिक कर लेता है परन्तु यदि मनुष्य अपनी बुद्धि को दरकिनार कर माया के भँवरजाल में फंस गया तो उसके लिए जन्म–जन्मान्तर तक माया–मोह के बंधन से मुक्त हो पाना काफी दुष्कर होता है।

यहाँ मोह अर्थात् आशक्ति का एक और दुष्परिणाम होता है कि मनुष्य जिससे भी अपनी आशक्ति बना लेता है फिर वह उस

वस्तु अथवा स्थान को अपने वश में नहीं बल्कि स्वयं उस वस्तु अथवा स्थान के अधीन हो जाता है जैसे मनुष्य जिस शहर के, जिस मुहल्ले के, जिस घर के, जिस कमरे के, जिस बेड के, जिस हिस्से में रहता है और सोता है, यदि उसे उससे इतर कहीं भी अलग जीवन यापन करना पड़े अथवा बेड के जिस हिस्से में वह सोता है उसे विपरीत हिस्से में ही सोना पड़े तो उसे कुछ दिनों तक उस नवीन स्थान पर रहने और सोने में समस्या होती है अर्थात् वह असहज महसूस करता है। ठीक इसी प्रकार जब मनुष्य का जीवन वस्तु, स्थान, परिवार और समाज आदि की आशक्तियों से सदैव भरा रहता है तो वह वर्तमान जन्म में तो प्रेम और मोह की परिभाषा से अंजान रहकर सदैव दुःखी और द्रवित जीवन यापन करता ही है बल्कि वह आशक्ति उसके मृत्यु के उपरान्त भी उस जीव को बार–बार अपनी ओर खींचती रहती है और जीव सूक्ष्म शरीर में रहकर भी बार–बार उस स्थान, उस वस्तु और उस परिवार के सदस्य अथवा सदस्यों के मध्य आने के लिए तड़पती रहती है और जब भी उसे अवसर मिलता है तो फिर वह किसी न किसी रूप में यहाँ तक कि मनुष्य योनि से भी इतर योनि में जाकर उसके निकट ही जन्म लेने का सफल–असफल प्रयास करती है।

इसलिए मनुष्य को चाहिए कि वह अपने कर्मों और आचरण में प्रेम और मोह में से सदैव प्रेम का चयन करे ताकि उसकी जीवन यात्रा में सदैव खुशहाली रहे और वह किसी व्यक्ति, वस्तु अथवा स्थान आदि के मोह जाल से सदैव विरक्त रहकर अगले जन्म के लिए या तो मोक्ष अथवा बेहतर कर्मों से परिपूर्ण सचित कर्मों के लिए रास्ता तैयार करें।

जय माँ आदिशक्ति – जय परमृपिता परमेश्वर

भक्त, भक्ति और दुःख

आस्तिक और नास्तिक दो प्रवृत्तियों के लोग संसार में होते है तथा उन सभी के जीवन में सुख एवं दुःख का आगमन और गमन चलता रहता है किन्तु आस्तिक प्रवृत्ति वाले व्यक्तियों का जीवन अपने आराध्य की भक्ति भाव एवं उन पर विश्वास के साथ चलता है तथा नास्तिक व्यक्ति को अनन्त शक्ति का बोध ही नहीं होता है। जब तक जीवन में सुख का भाव रहता है तब तक दोनों की स्थितियाँ अपनी प्रवृत्तियों के अनुरूप ही चलती है परन्तु जब जीवन में दुःख का आगमन होता है तो उन दोनों प्रकार के लोगों की मानसिकता में बदलाव होता है, अर्थात् कुछ नास्तिक व्यक्तियों का झुकाव उस अदृश्य शक्ति की मान्यता के प्रति तेजी से बढ़ता है तथा आस्तिक विचारधारा से परिपूर्ण अनन्य भक्ति करने वाले कुछ लोग जिनको प्रारब्ध, कर्मचक्र और भक्ति का गूढ़ ज्ञान होता है, वह अपने आराध्य पर ही सभी परिणामों को छोड़कर दुःखों का डटकर मुकाबला करते हैं लेकिन आस्तिक विचारधारा वाले कुछ ऐसे लोग जिनका ज्ञान एवं भक्ति अपने आराध्य के प्रति बहुत कमजोर होती है वह दुःख के समय शीघ्र डगमगा कर यह सोचते है जब दुःख का आलिंगन करना ही है तो फिर आराध्य की भक्ति का क्या तात्पर्य होता है।

आध्यात्मिक रूप से इस विषय को ऐसे समझना होगा कि जो कर्म हम करते है तो उसके परिणाम का उत्तरदायी कोई दूसरा कैसे हो सकता है। यदि कहीं कोई कमी है तो वह हमारे आध्यात्मिक ज्ञान की। इसके लिए कर्मचक्र और भक्ति को ठीक से समझ लिया जाये तो जीवन बहुत सरल हो सकता है।

मनुष्य जीवन के कर्मो में अनुमानतः 70 से 75 प्रतिशत तक प्रारब्ध कर्म तथा 25 से 30 प्रतिशत तक स्वतंत्र कर्म करने के अवसर प्राप्त होते है। **प्रारब्ध कर्म** वह होते है जो हमारे वर्तमान जन्म तथा पूर्व के कई जन्मों के संग्रहित कर्मो के परिणाम के रूप में इस जन्म में सुख अथवा दुःख के रूप में प्रत्यक्ष होते है तथा **स्वतंत्र कर्म** वह होते हैं जिसे हम इस जन्म में अपनी इच्छाओं के वशीभूत होकर करते है। स्वतंत्र कर्मो में जो कर्म आत्मा की आवाज के आधार पर सात्विक विचारधारा से किये जाते है उनका परिणाम इसी जन्म अथवा अगले जन्म में सुख रूपी प्रारब्ध के रूप में प्रत्यक्ष होते है परन्तु यदि आत्मा की आवाज को दरकिनार कर केवल इन्द्रियों की इच्छा पूर्ति से हिंसा और लालच की प्रवृत्तियों से कर्मो को अंजाम दिया गया तो ऐसे स्वतंत्र कर्म इसी जन्म अथवा अगले जन्म में दुःखद प्रारब्ध के रूप में प्रत्यक्ष होते हैं।

एक मूल प्रश्न अधिकांशतः सुनने को मिलता है कि किसी आराध्य की भक्ति करने के बावजूद दुःख अधिक क्यों परिलक्षित होता है अथवा दुःख का भोग क्यों करना पड़ता है, इसको समझने के लिए पहले भक्ति और भक्त क्या है इसको समझना होगा। वेदों में भक्ति करने के माध्यमों का वर्णन इस प्रकार किय गया है :-

श्रवणं कीर्तनं विष्णोः समरणं पादसेवनम्।
अर्चनं वन्दनं दास्यं सख्यमात्मनिवेदनम्।।

अर्थात् श्रवण, कीर्तन, स्मरण, पादसेवन, अर्चन, वंदन, दास्य, संख्य और आत्मनिवेदन ये 9 प्रकार से भक्ति करने के माध्यम है।

यह अपने आराध्य की भक्ति करने के माध्यम हो सकते है परन्तु यह भक्ति नही है **श्रीमद्भगवद् गीता** में चार प्रकार के भक्तों का वर्णन है :–

चतुर्विधा भजन्ते मां जनाः सुकृतिनोंर्जुन।
आर्तो जिज्ञासुरर्थार्थी ज्ञानी च भरतर्षभ।।

अर्थात् आर्त, जिज्ञासु, अर्थार्थी और ज्ञानी नामक चार प्रकार के भक्त होते है जिसमें प्रथम श्रेणी का भक्त वह होता है जो ज्ञानी है।

- **आर्त** नामक श्रेणी में वे भक्त आते है जो शरीर में कष्ट आने, वैभव नष्ट होने से उत्पन्न होने वाले दुःख का निवारण करने के लिए भगवान को पुकारता है, यही भक्त अधिक दुःखी रहकर भगवान को दोषारोपित करता है और कहता है कि उसने अपने आराध्य की इतनी पूजा और सेवा की परन्तु फिर भी मुझे इतना दुःख, जबकि उसकी इस प्रकार की स्थिति व्यक्ति के पूर्व कर्मो के प्रारब्ध से ही उत्पन्न होती है।

- **जिज्ञासु** नामक श्रेणी के भक्त अपने शरीर के पोषण हेतु नहीं वरन् संसार को अनित्य जानकर ईश्वरीय तत्व को जानने और उसको पाने के लिए भक्ति भजन करते हैं, यहां भी जिज्ञासा का अर्थ भगवान से कुछ पाने की ही लालसा है।

- **अर्थार्थी** नामक श्रेणी के भक्त जो सुख और ऐश्वर्यता के लिए भगवान की भक्ति करता है इसको सकाम भक्ति कहते है।

- **ज्ञानी** नामक श्रेणी के भक्त ही केवल ऐसे भक्त होते हैं जिनकी भक्ति सदैव निष्काम होती है ज्ञानी भक्त अपने आराध्य का छोड़कर और कुछ नहीं चाहता है इसीलिए भगवान ने ज्ञानी को ही अपनी आत्मा कहा है। ये भक्त ही केवल शुद्ध भक्त की श्रेणी में आते हैं ऐसे भक्त के योगक्षेम का वहन भगवान स्वयं करते है।

ईश्वरीय अंश प्रकृति के कण–कण में व्याप्त है अर्थात् हमारा सृजनकर्ता संचालनकर्ता ईश्वरीय ऊर्जा अंश है इसलिए आध्यात्मिक रूप से भक्त और भक्ति को इस रूप में समझे कि –

व्यक्ति का शरीर और शारीरिक इन्द्रियां एक चंचल भक्त है और हमारी चेतना और आत्मा ईश्वरीय अंश है।

मनुष्य अपने शरीर तथा उसकी इन्द्रिंयों को वश में रखकर यदि बाहरी मोह और लोभ की चंचलता से अपना ध्यान हटाकर अन्दर की आत्मा और चेतना से मोह एवं लोभ पैदा करें तो वह भक्त ही ज्ञानी की श्रेणी में शीघ्र आ जाता है। ऐसे मनुष्य के पास जब सुख आयेगा तो उसमें लालच और अंहकार की उत्पत्ति नहीं होती है और उस सुख को भी जनकल्याण में अर्पित करने का प्रयास करता है तथा जब उसके जीवन में दुःख का प्रारब्ध आता है तो भी वह अपने आराध्य के प्रति श्रद्वा और विश्वास से समर्पित होकर अपनी भक्ति में लीन रहता है तथा दुःखों का समय भी आसानी से निकल जाता है।

भगवान श्रीकृष्ण जी अर्जुन से कहते हैं कि जो अनन्य भाव से मेरा चिंतन करते हुए मेरी उपासना करते है उनका योगक्षेम मैं वहन करता हूँ। यहाँ योगक्षेम शब्द का अर्थ अप्राप्त वस्तु को प्राप्त करना, योग तथा प्राप्त वस्तु का रक्षण करना क्षेम होता है। मनुष्य जीवन की भागदौड़ अप्राप्त वस्तु की प्राप्ति के लिए होती रहती है और उसके रक्षण की चिंता उसे सदैव रहती है। जिस प्रकार एक छोटा बालक अपनी सभी जरूरतों रोटी, कपड़ा और मकान की आवश्यकता को अपनी माता पर आश्रित होकर निश्चिंत रहता है और माता उसकी समस्त आवश्यकताओं की पूर्ति का दायित्व स्वयं अपने ऊपर ले लेती है उसी प्रकार भगवान कहते है कि जो हमारी अनन्य भक्ति करता है ऐसे भक्त की सभी आवश्यकताओं की पूर्ति तथा उसकी रक्षा का भार भगवान स्वयं अपने कंधों पर ले लेते है।

जब हम अनन्य भक्त बन जाते है तो फिर हम यह नहीं कह सकेंगें कि इतनी सारी पूजा पाठ करके भी हम दुःखी क्यों? कई बार भगवान की अपने भक्त पर विशेष कृपा होने से भगवान यह प्रयास करते है कि हमारा भक्त अपने पूर्व प्रारब्ध का फल इसी जन्म में भोग कर ले ताकि उसको मुक्ति मिल सके चूंकि प्रारब्ध का निस्तारण तो कर्म से ही होना है तो अधिक कर्म करना पड़ सकता है, दुःख जल्दी–जल्दी आ सकते है अधिक पूजा–पाठ करना पड़ सकता है। कभी कभी भगवान के आर्शीवाद से ही कर्मजीवन में ये सभी स्थितियां उत्पन्न होती है इसलिए जीवन में अपने आराध्य के प्रति पूर्ण समर्पण के साथ भक्ति करें, अपने आराध्य के प्रति अपनी दृढ़ता बनाये रखें, तो पायेगें कि आसानी से कष्टों का समय पूरा हो गया। इस बात को ठीक प्रकार से एक कहानी के माध्यम से समझा जा सकता है।

एक नगर में ईश्वर का अनन्य भक्त रहता था तथा उस भक्त पर ईश्वरीय कृपा अपार थी अर्थात् अत्यंत वह सुख पूर्वक जीवन यापन करता रहा परन्तु कुछ समय पश्चात् जब उसके जीवन में दुःख का आगमन हुआ तो कष्टों के चलते उसको अपने आराध्य पर अविश्वास हो गया और वह ईश्वर के विरूद्व ही प्रलाप करने लगा। अन्ततः एक दिन उसके आराध्य उसके सपने में आये और बोले "हे वत्स तुम दुःखी क्यों हो? जीवन में सभी को अपने कर्मो का फल भोगना ही पड़ता है, जब सुख तुमने आनन्द से व्यतीत किया तो दुःख का समय भी धैर्य से व्यतीत करो।" ऐसे में भक्त ने कहा "हे आराध्य यदि आप मेरे साथ होते तो मुझे कष्ट आते ही नहीं, मैने तो आराधना में पूरा जीवन लगा दिया और जब आज मुझ पर कष्टों का पहाड़ टूट पड़ा तो आपने मेरा साथ नहीं दिया तो आराध्य ने कहा कि आओं वत्स मै तुम्हारी भक्ति के पहले दिन से तुम्हारी यात्रा का दर्शन कराता हूँ। सबसे पहले सुखी जीवन का अध्याय खुला और भक्त ने देखा कि वह ईश्वर

का हाथ पकड़कर आराम से समुद्र किनारे टहल रहा है और दोनों के पैरों के निशान रेत पर साथ साथ बनते जा रहे है, इसके बाद दु:ख के अध्याय का आरम्भ हुआ तो भक्त हैरान रह गया क्योंकि अब रेत पर केवल दो पदचिन्ह ही बन रहे थे इतने में ही भक्त आवेश में चिल्ला पड़ा कि देखा आराध्य! आपने मेरा साथ छोड़ दिया इस बात पर आराध्य हंसते हुए बोले कि हे वत्स ध्यानपूर्वक पदचिन्हों को देखो, जिन पदचिन्ह को तुम अपना समझ रहे हो वह वास्तव में तुम्हारे नहीं बल्कि मेरे पदचिन्ह हैं। आराध्य ने कहा "हे वत्स जिस दिन से तुम पर कष्ट आया मैं उस दिन से तुमको अपनी गोद में उठाकर चल रहा हूँ" और समझाया कि "हे वत्स, जीवन में आने वाले कष्ट मनुष्य के अपने कर्मो का ही फल होते है और हर एक को अपना कर्मफल स्वयं भुगतना पड़ता है, इसलिए मैं तुम्हारे कर्मफल को बांट तो नहीं सकता फिर भी मैं अपनी ओर से तुम्हारे कष्टों को यथासंभव कम करने का प्रयास कर रहा हूॅ। यह सुनकर भक्त ने अपने आराध्य के चरण पकड़ लिये और क्षमा माँगी कि "हे आराध्य अनन्य भक्ति करने के बाद भी मुझसे यह भूल हुई।"

चूँकि आराध्य अदृश्य ऊर्जा शक्ति के रूप में प्राकृतिक वातावरण और हमारे शरीर के रोम रोम में व्याप्त है इसलिए मनुष्य स्वभाव में अभिभूत होकर यह न सोचें कि आराध्य उन्हें कष्ट में प्रत्यक्ष दिखाई नहीं दे रहे है बल्कि यह महसूस करें कि वह हर क्षण हमारे दु:खों के प्रभाव को कम करने का प्रयास कर रहे है, इसलिए यदि हम अपने आराध्य की शरण में हैं तो अपनी सुख, दु:ख रूपी चिंताओं को अपने आराध्य पर ही डालकर उनकी अनन्य भक्ति करना ही श्रेयस्कर होगा।

जय माता आदि–शक्ति –जय भोले नाथ

गोद में जिसके बैठे हो, क्यों खोजत हो जग माहि

संसार में जब भी किसी व्यक्ति अथवा उसके परिवारजन को मानसिक एवं शारीरिक दुःख तकलीफ पहुँचती है तो वह संसार में मन्दिर, मस्जिद, गुरूद्वारे पर जाकर मत्था टेकता है तथा भगवान की शरण खोजता है।

यही नहीं संसार के कुछ आध्यात्मिक गुरूजन भी वास्तविक ज्ञान से भिज्ञ होते हुए भी ईश्वर की प्राप्ति हेतु विभिन्न बाहरी आयामों वाली पद्धतियों को अपनाने की शिक्षा दीक्षा देते हैं, परन्तु वास्तव में यह जानते हुए भी जब मनुष्य अंजान बनकर दर–दर भटकता है तभी मनुष्य जीवन में दुःख का प्राकट्य देखने को मिलता है।

वास्तव में हम किस भगवान को कहाँ एवं क्यों खोजते हैं, ढूंढ़ते हैं जबकि हम सभी स्वयं भगवान की प्रकृति रूपी गोद में बैठकर अपनी जीवन यात्रा पूर्ण कर रहे हैं, भगवान सर्वव्यापी हैं, वह कण–कण में व्याप्त हैं, फिर हमारे शरीर के कणों में भी तो वही व्याप्त होता है, तभी तो शुक्राणु से अणु फिर शरीर का विकास होता है। क्या किसी मनुष्य के लिये ऐसा कर पाना सम्भव है? संसार में हर व्यक्ति के अंगूठे की लाइनें तथा आँख का रेटिना

एक दूसरे से भिन्न कैसे है, यह सभी भगवान ही तय करता है और खासतौर पर मनुष्यों के लिये तो भगवान ने एक वरदान भी दे रखा है कि वह पूर्ण चेतन अर्थात चैतन्यता के साथ अपने जीवन यात्रा को साकार कर सकता है, लेकिन दुर्भाग्य यह होता है कि जब मनुष्य वयस्क हो जाता है तो वह अपने मन के आवेग को रोकने में असक्षम सा प्रतीत होता है और वह वाह्य आडंबर एवं आसक्ति के चक्कर में फंसकर केवल भौतिक सुखों की प्राप्ति हेतु ही चेतना की शक्ति को सर्वस्व अर्पण कर देता है परन्तु जब उसे ठोकर मिलती है तो फिर वह भगवान को ढूंढने निकलता है। निश्चित तौर पर भौतिक सुखों को खोजना अथवा प्राप्त करना कोई गलत बात नहीं है, परन्तु उसकी सीमा से परे जाकर उसकी प्राप्ति हेतु धर्म, नियम एवं कानूनों से परे होकर अपने आप को लगा देना प्रारब्ध कर्म हेतु पाप एवं दण्डनीय कृत्य बन जाता है।

वास्तव में भगवान हर व्यक्ति को उसके जीवन का उद्देश्य तथा उसकी प्रकृति तय करके ही संसार में भेजता है। यदि मनुष्य अपनी चेतना का प्रयोग अपने जीवन के उद्देश्य एवं प्रकृति की पहचान कर अपनी जीवन यात्रा करता है तो उसके जीवन में बहुत कम दुःख एवं तकलीफ प्रत्यक्ष होती है परन्तु इन्द्रियों के वश एवं भौतिकता की चाहत में मनुष्य कभी अपने आन्तरिक तत्वों की ओर देखता भी नहीं है, यहाँ तक कि जब मनुष्य के किसी आन्तरिक या वाह्य अंग में कोई पीड़ा या समस्या उत्पन्न होती है तभी वह ईश्वर के द्वारा निर्मित अपने उस अंग को ध्यान से देखता है, जबकि वह उन अंगों का उपयोग अपनी जीवन शैली में निरन्तर करता है।

ईश्वर द्वारा मानव शरीर में यह व्यवस्था प्रदत्त की गयी है कि यदि किन्हीं कारणोवश उसके शरीर में रोग हो जाय तो उसका शरीर में स्वतः आरोग्य हो जाय जबकि मनुष्य उसका उपचार

करने के लिये डॉक्टर्स के पास भागता है, भगवान से मन्नतें मांगता है परन्तु डॉक्टर भी उस रोग का उपचार तो करता है लेकिन वह भी रोगी को यही बोलता है कि उसके शरीर में रोग प्रतिरोधक क्षमता में कमी आ गयी है एवं अधिकांश डॉक्टर्स रोग की औषधि के साथ उसके रोग प्रतिरोधक क्षमता का ही मूलतः उपचार करते हैं।

मनुष्य ईश्वर की गोद में बैठकर उसके द्वारा बनायी गयी शरीर रूपी अद्भुत एवं जादुई मशीनरी का उपयोग करते हैं परन्तु मशीनरी खराब होने पर वह आन्तरिक उपचार की विधि जो ईश्वर ने पूर्व प्रदत्त की है उस ओर अपना ध्यान एवं ज्ञान का उपयोग कम ही करता है अर्थात् उस ईश्वरीय विधा पर आस्था का अभाव प्रदर्शित होता है एवं उसके स्वयं की इन्द्रियों से बने एवं दिखने वाले संस्कार की विधाओं पर ही पूर्णतः आश्रित एवं आस्थावान रहकर अपना जीवन जीता है।

पवित्र ग्रंथ गीता में भगवान श्री कृष्ण जी ने कहा है कि **मैं ही क्षेत्र हूँ तथा मैं ही क्षेत्रज्ञ हूँ** अर्थात् जीव का **शरीर क्षेत्र** है तथा **मैं स्वयं ईश्वरीय तत्व आत्मा के रूप में क्षेत्रज्ञ हूँ।** मैं ही जन्मित होता हूँ एवं मैं ही संचालित होता हूँ और यह भी स्पष्ट किया कि हर मनुष्य की अपनी अलग प्रकृति है उसको पहचान कर मनुष्य को अपने कर्म को अंजाम देना चाहिए। मनुष्य जब भी अपनी प्रकृति से भटकता है तो वह क्षेत्रज्ञ अर्थात् ईश्वर से दूर होता जाता है जो कि उस मनुष्य के दुःखों का कारण बनता है, इसका तात्पर्य यहाँ यह है कि मनुष्य के सृजन में पंचतत्व (पृथ्वी, जल, वायु, अग्नि एवं आकाश) एवं तीन गुणों (रज, सत एवं तम) का आनुपातिक समावेश होता है, यही आनुपातिक समावेश ही एक व्यक्ति को दूसरे व्यक्ति की शरीर संरचना, उसकी आदत, स्वभाव एवं जीवन–शैली रूपी प्रकृति से अलग करता है अर्थात्

मनुष्य को अपने जीवन में आध्यात्मिक शक्तियों के मूल तत्वों को समझकर उसे अपनी जीवन शैली में आत्मसात करना चाहिए, जिस प्रकार एक योगी आध्यात्मिक समझ रखते हुए अपने प्रारब्ध कर्मों को अपने वश में करके अपनी इच्छानुसार हजारों वर्ष का निरोगी जीवन जीता है, ठीक उसी प्रकार यदि गृहस्थ आश्रम में रहने वाला मनुष्य भी यौगिक गुणों का विकास करके सन्तुलित जीवन जीने का प्रयास करे तो वह भी शान्ति, सुख एवं समृद्धि के साथ स्वस्थ जीवन यात्रा पूर्ण कर सकता है, साथ ही अपने अन्दर व्याप्त ईश्वरीय तत्व को महत्व प्रदान करते हुए अपने जीवन के उद्देश्यों की पूर्ति की दिशा में अपनी अनुशासित एवं संस्कृतिपूर्ण जीवन यात्रा निरन्तर जारी रखेंगे तो शीघ्र ही आपको अपने अन्दर बैठे भगवान के साक्षात्कार हो सकेंगे।

जय आदिशक्ति – जय परमपिता परमेश्वर

"धर्म एवं संस्कृति" के लोप से समाज का विनाश

"धार्यते इति धर्मः"

अर्थात् जो धारण किया जाये वही धर्म है।

मनुष्य जन्म का उद्देश्य होता है मुक्ति। मुक्ति के मार्ग की यात्रा के लिए मनुष्य को सीमित आवश्यकताओं के साथ संयमपूर्वक जीवन यापन करना चाहिए जो कि बिना आत्म–अनुशासन के संभव नहीं है। चूँकि मनुष्य का मन इतना चंचल होता है कि वह भौतिक सुखपूर्ण इच्छाओं अथवा आवश्यक आवश्यकताओं में से सदैव भौतिक सुखपूर्ण इच्छाओं के चयन को प्राथमिकता देता है, इसलिए हमारे ऋषि–मुनियों ने गहन आत्मचिंतन तथा अध्ययन कर आत्म–अनुशासन अर्थात् संतुलित जीवन के लिए उचित–अनुचित, नैतिक–अनैतिक बातों को नियमावली के रूप में समाज के सम्मुख रखा जिसमें से उचित एवं नैतिक बातों को हृदय में आत्मसात करने के लिए जो जीवन पद्धतियाँ बनी उसे **'धर्म'** का नाम दिया गया अर्थात् संतुलित एवं नैतिकतापूर्ण जीवन के लिए बने नियमों को अपनी आत्मा के मूल आचरण में धारण करने को धर्म कहा जाता है तथा उन नियमों के क्रियान्वयन की विधि को **'संस्कृति'** कहा जाता है।

जीवन में धर्म एवं संस्कृति की आवश्यकता क्यों ?

प्रकृति पंचमहाभूतों का संतुलित स्वरूप है। ये पंचमहाभूत आपस में एक दूसरे के सहभागी बनकर संतुलित और अनुशासन स्वरूप में प्रकृति में सृजन और संरक्षण का कार्य अनवरत करते रहते हैं परन्तु यदि इन पंच तत्वों में से किसी एक अथवा एक से अधिक तत्वों का असंतुलन होता है तो आंधी, तूफान, जलवृष्टि, अग्निवर्षा, भूकंप, बाढ़ आदि के रूप में विनाशकारी विभीषिकाओं का प्रत्यक्षीकरण होता है, इसी प्रकार जब तक मनुष्य का मन अनुशासित एवं संयमित होता है तब तक वह अपने जीवन के उद्देश्यों की ओर ही चलता रहता है परन्तु जैसे ही मन लालच, घृणा और भौतिकीय सुखपूर्ण इच्छाओं को आसक्ति की ओर अग्रसर होता है तो वह मनुष्य अपने जीवन के मूल उद्देश्यों से तेजी से भटककर दूर होता चला जाता है, यही नहीं ऐसी प्रवृत्तियों वाले मनुष्य समाज में अन्य लोगों के जीवन उद्देश्यों को भी प्रभावित करते हैं इसीलिए आत्म–अनुशासन हेतु हमारे पूर्वजों और ऋषि–मुनियों ने समाज में धर्म की स्थापना की। धर्म का संक्षिप्त तात्पर्य यह है कि समाज के प्रत्येक व्यक्ति को अपनी आत्मा में सत्य, नैतिक, जनकल्याण एवं सम्मानजनक बातों को अच्छे आचरण के रूप में धारण करना चाहिए तभी मनुष्य अपने जीवन उद्दश्यों के पथ पर आगे बढ़ सकता है।

धर्म से विमुखता विनाश का आमंत्रण

समाज में जब–जब धर्म का लोप होगा अथवा अधर्म की वृद्धि होगी तो उस समय समाज में लालच, घृणा एवं अभिमानी प्रवृत्ति बढ़ जाती है ऐसे में ईश्वर अथवा प्रकृति किसी न किसी रूप में अवतरित होकर ऐसे लोगों का विनाश करती है। इस विषय में पवित्र ग्रंथ **गीता** में **भगवान श्रीकृष्ण जी** ने कहा है कि–

"यदा–यदा हि धर्मस्य ग्लानिर्भवति भारतः।
अभ्युत्थानमधर्मस्य तदात्मानं सृजाम्यहम्।।
धर्म संस्थापनार्थाय सम्भवामि युगे–युगे।।

इसका तात्पर्य यह है कि संसार में जब–जब धर्म का लोप अर्थात् अधर्म में वृद्धि होती है तब–तब धर्म की स्थापना के लिए मैं अपने स्वयं की रचना करता हूँ अर्थात अवतार लेता हूँ और सज्जन लोगों के कल्याण तथा अधर्मी एवं दुष्कर्मियों के विनाश और धर्म की स्थापना के लिए युगों–युगों से जन्म लेता आया हूँ।

इसी प्रकार **पवित्र ग्रंथ रामायण** में भी **धर्म** के बारे में यह उल्लिखित है कि–

जब–जब होय धर्म की हानि।
बारहि असुर अधम अभिमानी।।
तब–तब धर प्रभु विविध शरीरा।
हरहि दयानिधि सज्जन पीड़ा।।

अर्थात जब–जब इस पृथ्वी पर धर्म का पतन होगा और असुरों, अन्यायी और अभिमानियों की वृद्धि होगी तब–तब भगवान अलग–अलग रूपों में पृथ्वी पर अवतरित होकर असुरों, अन्यायी और अभिमानियों का अन्त कर साधु एवं सज्जन व्यक्तियों की पीड़ा का हरण करते है।

धर्म एवं संस्कृति का सामाजिक परिवेश

समाज में जब भी धर्म एवं संस्कृति का असंतुलन उत्पन्न होता है तो समाज में अनुशासनहीनता चरम पर पहुँचने लगती है और समाज अधर्मी कुरीतियों अर्थात् आध्यात्मिक प्रदूषण को आत्मसात की ओर अग्रसर होता है ऐसे में समाज में इच्छा, आसक्ति, क्रोध, घृणा, लालच एवं आलस्य चरम पर होता है यदि हम 1950 के दशक की बात करें तो सामाजिक जीवन पूर्ण शिष्टता एवं

अनुशासनपूर्ण था तथा अश्लीलता का वातावरण लगभग नगण्य था अर्थात् समाज में शर्म–लिहाज एवं पूर्ण अनुशासन के साथ संयुक्त परिवार में अपने बड़े–बुजुर्ग और गुरूओं की बातों का अनुसरण करते हुए जीवन यापन की परम्परा थी जिसका अभाव वर्तमान समाज में स्पष्ट रूप से परिलक्षित होता है। निश्चित तौर पर विगत के दशकों में समाज की वर्तमान पीढ़ी ने बड़े–बड़े शोध किये हैं, मशीनें बनायी हैं, आविष्कार किये हैं जिससे जीवन यापन काफी सरल हुआ है जो कि इस पीढ़ी के लिए अत्यन्त सराहनीय एवं गर्व की बात है। परन्तु समाज ने इन आविष्कृत जीवनोपयोगी वस्तुओं को आवश्यकताओं की पूर्ति में कम वरन् अपनी बलवती इच्छाओं की पूर्ति में अधिक स्थान दिया। जब मनुष्य के जीवन में इच्छायें बलवती होती हैं तो मनुष्य येन–केन–प्रकारेण उन इच्छाओं की पूर्ति में लग जाता है जिससे उसके अंदर अहंकार, लालच और घृणा भाव उत्पन्न होते हैं। जबकि इन प्रवृत्तियों के दुष्परिणाम से हम सभी भिज्ञ हैं कि प्रगति एवं उद्देश्यपूर्ण जीवन यात्रा के लिए ये कितना नुकसानदेह है।

उदाहरणार्थ – जीवन को सरल, गतिमान तथा ज्ञान से परिपूर्ण बनाने के लिए अनेक इलेक्ट्रॉनिक गैजेट्स, इंटरनेट तथा संवाद हेतु वॉट्सएप, फेसबुक, इंस्टाग्राम एवं टेलीग्राम जैसे अत्याधुनिक उपकरणों/तकनीकों का आविष्कार हुआ परन्तु वर्तमान समय में चन्द लालची, घृणित लोगों के द्वारा इन नवीन तकनीकों/माध्यमों से समाज में जिस प्रकार की अश्लील संस्कृति को परोसा जा रहा है उससे सम्पूर्ण समाज खासकर वर्तमान पीढ़ी के लोग अत्यधिक प्रभावित है जिसके परिणामों का उल्लेख करने की आवश्यकता नहीं।

कहावत है कि एक गंदी मछली पूरे तालाब को गंदा कर देती है अर्थात् एक दुष्ट चरित्र का व्यक्ति पूरे घर एवं समाज को प्रदूषित

कर देता है। कई ज्ञानवान संत–महात्मा मिलकर भी किसी एक नकारात्मक व्यक्ति को सुधारने में पूर्णतः सक्षम नहीं होते जबकि किसी समूह के मध्य उपस्थित केवल एक नकारात्मक व्यक्ति ही उस सकारात्मक समूह को आसानी से प्रभावित करने में सक्षम होता है, इसके पीछे का विज्ञान यह है कि चूँकि नकारात्मक व्यक्ति के पास ग्राह्य करने की शक्ति शून्य है इसलिये वह सकारात्मकता के नजदीक होते हुए भी कुछ भी सकारात्मक संस्कारों को ग्राह्य नहीं कर पाता और सकारात्मक व्यक्ति के पास ग्राह्य करने की अपार क्षमता है इसलिये वह नकारात्मकता को भी तेजी से ग्राह्य कर लेता है इसीलिये सदैव अच्छे आचरण के व्यक्ति, समूह एवं समाज की संगत करनी चाहिए।

अभी समय है कि हमारी सरकारें अथवा समाज अपनी प्राथमिक शिक्षा एवं कर्म में **"धर्म एवं संस्कृति"** के विषय को प्राथमिकता दें तथा भौतिकीय प्रगति हेतु उपलब्ध संसाधनों के उपयोग में धर्म और संस्कृति रूपी नियमावली तय करके उसको कठोरता से लागू करें और इस अधर्म एवं असंस्कारी प्रवृत्तिपूर्ण व्यक्ति, संगठन अथवा व्यवसायी को प्रतिबंधित करें अन्यथा समाज में तमोगुण प्रधान जीवन होने से प्राकृतिक वातावरण भी प्रदूषित होगा, जिससे बड़े स्तर पर जन हानि होगी जिसकी प्रत्यक्षता विगत कुछ वर्षों से हम सभी महसूस भी कर रहे हैं।

इसलिये **"धर्म एवं संस्कृति"** को जीवन में आत्मसात करने तथा अपनी अगली पीढ़ी को आत्मसात करवाने का भरसक प्रयास किया जाना उचित होगा ताकि वे बड़े होकर धर्म एवं संस्कृति से परिपूर्ण जीवन जी सके।

जय माता आदिशक्ति – जय भोलेनाथ

"धर्म एवं संस्कृति"

"धार्यते इति धर्मः"

(अर्थात् जो धारण करने योग्य हो, वही धर्म है।)

जीव के विषय में **महान ऋषि अष्टावक्र** ने बताया कि जिस प्रकार मकड़ी अपने जाल को बुनती है, उसमें विचरण करती है, फिर उसी को निगल जाती है, ठीक उसी प्रकार से ईश्वर इस संसार का सृजन, पालन एवं संहार करता है। उसके द्वारा सृजित जीव वह आत्मा है जो निर्विकार है परन्तु **अविद्या और अज्ञानता** के कारण वह स्वयं को मन और शरीर समझ बैठता है और इसी बजह से वह इस संसार का अनुभव कर रहा होता है। **अविद्या** से **ऋषि अष्टावक्र** का आशय निर्विकार को विकारयुक्त समझना तथा इस भौतिक संसार को ही सत्य मान लेने से है जबकि वास्तव में आत्मा का ज्ञान ही विद्या है। **"सः विद्याये या विमुक्ते**" अर्थात् ऐसा ज्ञान जो हमें सारे दुःखों, प्रतियोगिताओं, पीड़ा, अज्ञान, ब्रह्म और ब्राह्मण कल्पनाओं से मुक्ति दिलावे।

समस्त जीवों में केवल मनुष्य के अन्दर ही पूर्ण चेतना व्याप्त है फिर भी वह अविद्या के कारण अति शीघ्र ही भौतिक सुख

सुविधा एवं संचय को प्राथमिकता देने लगता है, वैसे इस भौतिक जगत में उपलब्ध सुख-सुविधाओं का उपभोग करना गलत कार्य या अपराध की श्रेणी में नहीं आता है परन्तु इसके इतर जीवन एवं मृत्यु की सत्यता का भान होना भी अति आवश्यक है। भौतिक जगत में शरीर की अति आवश्यक आवश्यकताओं की प्रतिपूर्ति तो अवश्य करनी चाहिए परन्तु एक निश्चित सीमा के पार जाकर धन-सम्पदा संचित करने की प्रवृत्ति एवं भौतिक सुविधाओं का भोग करने की लालसा पर आत्म अंकुश आवश्यक है क्योंकि सुख प्राप्त करने की कोई सीमा नहीं है, एक इच्छा पूर्ण होते ही दूसरी अभिलाषा बलवती हो जाती है, इन्ही पर नियंत्रण करने के लिए जीवन में धर्म एवं संस्कृति को धारण करना अत्यंत आवश्यक होता है।

हमारे ऋषि-मुनियों ने आत्म-अनुशासन को सर्वोच्च प्राथमिकता दी और संतुलित जीवन के लिए उचित-अनुचित, नैतिक-अनैतिक बातों को सदाचार एवं संस्कार के रूप में समाज के सामने रखा जिसमें से उचित एवं नैतिक बातों को हृदय से आत्मसात करने के लिए जो सिद्धान्त बनाये गये उसे **'धर्म'** का नाम दिया गया अर्थात् संतुलित एवं नैतिकतापूर्ण जीवन के लिए उन सिद्धान्तों को अपनी आत्मा के मूल आचरण में धारण करने को धर्म कहा जाता है तथा उन सिद्धान्तों का अनुपालन करते हुए अपने कर्मो को क्रियान्वित करने की विधि/प्रथा/परम्परा को **संस्कृति** कहा जाता है।

जीवन में धर्म एवं संस्कृति की आवश्यकता क्यों ?

जिस प्रकार पंच तत्वों में से किसी एक अथवा एक से अधिक तत्वों के असंतुलित होने से आंधी, तूफान, जलवृष्टि, अग्निवर्षा, भूकंप, बाढ़ आदि जैसी विभीषिकाओं का प्रत्यक्षीकरण होता है, उसी प्रकार जो मनुष्य धर्म एवं संस्कृति को अपने आत्म अनुशासन का विषय नहीं बनाता है उसके जीवन में तमाम विकृतियां उत्पन्न

होती है जो उसे उसके मूल उद्देश्यों से दूर ले जाकर उसके मार्ग में अनेकानेक दुःख एवं संकट उत्पन्न कर उसका जीवन अत्यन्त दुष्कर एवं कष्टकारी बनाती है।

धर्म और संस्कृति के लोप से विनाश का आमंत्रण

समाज में जब-जब धर्म का लोप होता है अथवा अधर्म की वृद्धि होती है तब-तब समाज में लालच, घृणा एवं अभिमानी प्रवृत्ति बढ़ जाती है, जिससे बचाने के लिये तथा धर्म की पुनर्स्थापना करने के लिए ईश्वर किसी न किसी रूप में अवतरित होकर ऐसे अधर्मी/पापियों का विनाश करते हैं। इस सन्दर्भ में पवित्र ग्रंथ **श्रीमद् भगवद् गीता में भगवान श्रीकृष्ण जी ने कहा है कि -**

"यदा-यदा हि धर्मस्य ग्लानिर्भवति भारत।
अभ्युत्थानमधर्मस्य तदात्मानं सृजाम्यहम्।।
परित्राणाय साधूनां विनाशाय च दुष्कृताम्।
धर्म संस्थापनार्थाय सम्भवामि युगे-युगे।।"

अर्थात् संसार में जब-जब धर्म का लोप और अधर्म की वृद्धि होती है तब-तब धर्म की स्थापना के लिए मैं स्वयं इस पृथ्वी पर अवतार लेता हूँ और सज्जन लोगों के कल्याण तथा पापियों एवं अधर्मियों के विनाश और धर्म की स्थापना के लिए मैं हर युग में इस पृथ्वी पर अवतार लेता हूँ। **पवित्र ग्रंथ रामचरित मानस** में भी **धर्म** के बारे में यह उल्लेखित है कि-

जब-जब होय धर्म की हानि। बाढ़हि असुर अधम अभिमानी।।
तब-तब धर प्रभु बिबिध सरीरा। हरहि दयानिधि सज्जन पीरा।।

अर्थात् जब-जब इस पृथ्वी पर धर्म का पतन होगा और असुरों, अन्यायियों और अभिमानियों की वृद्धि होगी तब भगवान अलग-अलग रूपों में पृथ्वी पर अवतरित होकर असुरों, अन्यायियों और अभिमानियों का अन्त कर साधु एवं सज्जन व्यक्तियों की पीड़ा का हरण करते है।

धर्म एवं संस्कृति का वर्तमान परिवेश

वर्तमान में हमारे समाज में धर्म एवं संस्कृति का असंतुलन विद्यमान है, वर्तमान पीढ़ी धर्म एवं संस्कृति को रूढ़िवादी विचारधारा मान रही है जिसके कारण समाज में अधर्म एवं कुरीतियों में वृद्धि होती जा रही है। यदि तत्काल इस आध्यात्मिक अज्ञानता रूपी प्रदूषण पर अंकुश नहीं लगाया गया तो यह समस्या एक विकराल रूप धारण कर लेगी जिसे नियंत्रित करना अत्यन्त दुष्कर होगा।

कहावत है कि एक गंदी मछली पूरे तालाब को गंदा कर देती है अर्थात् एक दुष्ट चरित्र का व्यक्ति पूरे घर एवं समाज को प्रदूषित कर देता है। कई ज्ञानवान एवं संत-महात्मा मिलकर भी किसी एक नकारात्मक व्यक्ति को सुधारने में पूर्णतः सक्षम नहीं होते जबकि किसी समूह के मध्य उपस्थित मात्र एक नकारात्मक व्यक्ति ही उस सकारात्मक समूह को आसानी से प्रभावित करने में सक्षम होता है, इसीलिये सदैव अच्छे आचरण के व्यक्ति, समूह एवं समाज की संगत करनी चाहिए।

अभी भी समय है कि हमारा समाज, विशेषकर शासन में उच्च पदों पर आसीन लोग प्राथमिक शिक्षा में "**धर्म एवं संस्कृति**" रूपी आध्यात्म के विषय को प्राथमिकता दें तथा भौतिकीय प्रगति हेतु उपलब्ध संसाधनों के उपयोग में अपनी धर्म और संस्कृति के सिद्धान्तों व संस्कारों का अनुपालन करने की शिक्षा प्रदान करें ताकि इस अधर्म एवं असंस्कारी प्रवृत्तिपूर्ण व्यक्ति, संगठन अथवा व्यवसायी को प्रतिबंधित किया जा सके। इसके लिये समाज के हर व्यक्ति को अपनी अगली पीढ़ी के बच्चों को धर्म एवं संस्कृति की शिक्षा देकर उन्हें इसके मूल सिद्धान्तों एवं संस्कारों को आत्मसात करने के लिए प्रयास करना चाहिए ताकि वह बड़े होकर अपना जीवन धर्म एवं संस्कृति से परिपूर्ण जीवन जी सके।

जय माता आदिशक्ति - जय भोलेनाथ

"जिज्ञासा" ज्ञान की जननी

संसार में जिस भौतिक प्रगति का हम सभी अनुभव कर रहे हैं अर्थात् जिन भौतिक सुखों का पान हम वर्तमान युग में कर रहे हैं, वे सभी मनुष्य की **जिज्ञासा** का ही परिणाम है। संसार में 84 लाख योनियों के जीवों में से कुछ जीवों में चेतन अर्थात् ज्ञान की अवस्था नगण्य होती है, परिणामतः वे संसार में पूर्णतः जड़ रूप में विद्यमान रहते हैं और वहीं कुछ जीवों में अर्धचेतन की अवस्था पायी जाती है, ऐसे जीवों में ज्ञान की स्थितियां तो प्रत्यक्ष होती है परन्तु उनके अन्दर जिज्ञासा का अभाव सा होता है इसलिए वह अपने ज्ञान का अधिकतम उपयोग केवल अपने जीविकोपार्जन अर्थात् अपनी आवश्यकताओं की पूर्ति हेतु ही करते हैं। इन 84 लाख योनियों में श्रेष्ठ योनि का स्थान प्राप्त करने वाले मनुष्य के अन्दर पूर्ण चेतन की अवस्था विद्यमान होती है जिसके कारण उसके अन्दर सदैव कुछ न कुछ पाने अथवा कुछ न कुछ नया सृजित करने की जिज्ञासाएं बनी रहती हैं, इन्हीं जिज्ञासाओं के माध्यम से मनुष्य स्वयं के जीवन पथ की दिशा व दशा तो तय करता ही है, साथ ही वह अन्य प्राणियों के जीवन की आवश्यकताओं की पूर्ति में भी सहायक बनता है।

यह पूर्णरूपेण सत्य है कि '**ज्ञान**' जो **भगवान शिव** अर्थात् **पुरूष** का अंश **तथा** प्राकृतिक '**ऊर्जा**' जो कि **माता आदिशक्ति प्रकृति**

का अंश है, के संगम के बिना संसार का विकास एवं किसी भी प्रकार की क्रिया-प्रतिक्रिया संभव नहीं है। इसमें से पुरूष तत्व रूपी अंश ज्ञान **कर्ता** है और प्रकृति रूपी ऊर्जा कर्म का **साधन** है। साधन को अपनी अथवा समाज की आवश्यकता के अनुसार किसी भी स्वरूप में परिवर्तित करने हेतु ज्ञान की आवश्यकता होती है। वस्तुतः ज्ञान तो हर मनुष्य में होता है परन्तु ज्ञान में प्रतिक्षण नवीन सूचनाओं का संकलन करने वाला मनुष्य ही सामाजिक विकास हेतु आवश्यक किसी संसाधन का सृजन अर्थात आविष्कार करने में पूर्णतः सक्षम होता है। किसी भी वस्तु अथवा संसाधन के सृजन के लिए मनुष्य के अन्दर सदैव जिज्ञासा उत्पन्न होती रहनी चाहिए तभी वह किसी इच्छित वस्तु अथवा संसाधन की प्राप्ति हेतु सतत् प्रयास करता है।

कहावत है कि "**बिना जिज्ञासा के ज्ञान का अवतरण नहीं होता है इसीलिए मनुष्य की जिज्ञासा को ज्ञान की जननी कहा जाता है।**"

यह कहावत इस बात को चरितार्थ करती है कि सभी मनुष्यों के अन्दर ज्ञान की उपस्थिति तो होती ही है परन्तु वह ज्ञान सदैव उसके अन्दर सुषुप्तावस्था में विद्यमान रहता है। जैसे ही मनुष्य में किसी प्रकार की इच्छा का प्राकट्य होता है वैसे ही उसके अन्दर उक्त इच्छा की पूर्ति हेतु ज्ञान की जागृति होती है परन्तु उक्त इच्छा की पूर्ति हेतु उपलब्ध ज्ञान में वृद्धि हेतु अन्य तमाम सूचनाओं की आवश्यकता होती है और यह महत्वपूर्ण कार्य मनुष्य की जिज्ञासा करती है। जिज्ञासा मनुष्य के अन्दर सक्रियता का प्रमाण है अर्थात् जिज्ञासा उत्पन्न होते ही मनुष्य का आलस्य दूर होने लगता है और वह अपने जिज्ञासा के बल पर ही इच्छित वस्तु की प्राप्ति हेतु तमाम जतन करके आवश्यक ज्ञान हासिल करने का प्रयास करता है और सतत् प्रयासरत रहने पर वह इच्छित वस्तु को हासिल करने में सफल हो जाता है। मनुष्य की इसी जिज्ञासा ने ब्रह्माण्ड की गतिविधियों का निरन्तर शोध करके

प्राकृतिक संतुलन एवं सांसारिक विकास के कार्यो में अमूल्य योगदान दिया है और भौतिकीय सुख-सुविधाओं की जिज्ञासा में तमाम आवश्यक संसाधनों का सृजन किया है।

मनुष्य योनि में 'अर्धचेतन' एवं 'पूर्णचेतन' दोनों प्रवृत्ति के लोगों की उपस्थिति प्रत्यक्ष होती रहती है, 'अर्धचेतन' वाले मनुष्य स्वार्थपरक होते है और केवल अपने व अपने परिवारजन की आवश्यकताओं की पूर्ति तक स्वयं को सीमित रखते हैं जबकि विभिन्न योनियों में जन्म लेने के बाद ही मनुष्य योनि में जन्म मिलता है इसलिये मनुष्य योनि में जन्म प्राप्त होने पर हर व्यक्ति अपने जन्म के उद्देश्यों को समझते हुए संसार के हर प्राणी में ईश्वरीय उपस्थिति की अनुभूति करे और सामाजिक विकास एवं सहयोग के लिए अपनी इच्छाओं में जिज्ञासा को स्थान दे। अपनी जिज्ञासाओं से ही मनुष्य अपने सभी दायित्वों का निर्वहन करते हुए आध्यात्मिक जीवन के पूर्ण सत्य को जानकर उस सत्य को अपने जीवन में आत्मसात करके जन्म-मृत्यु के बंधन से मुक्ति अर्थात् मोक्ष प्राप्त कर ईश्वरीय तत्व में विलीन हो जाय। इस तथ्य को हमारे वेदों में निम्न श्लोक के माध्यम से इस प्रकार स्पष्ट किया गया है कि -

ॐ पूर्णमदः पूर्णमिदं पूर्णात् पूर्णमुदच्यते।
पूर्णस्य पूर्णमादाय पूर्णमेवावशिष्यते।।

अर्थात् मनुष्य परम्पिता परमात्मा का अंश है और वह परमात्मा से मिलकर पूर्ण होना चाहता है, यही जिज्ञासा की आध्यात्मिक यात्रा है जिसका समापन आत्मा के परमात्मा से मिलन पर होता है। मनुष्य को चाहिए कि वह अपने शरीर में ईश्वरीय आर्शीवाद के रूप में व्याप्त सूक्ष्म एवं जड़ इन्द्रियों की उपस्थिति, आवश्यकता एवं उनकी शक्तियों का अध्ययन एवं विश्लेषण करके उन शक्तियों को जागृत कर अपने जीवन के उद्देश्यों को प्राप्त करे।

जय देवों के देव महादेव - जय माता आदिशक्ति

ज्ञान की गंगा का तकनीकी प्रसार

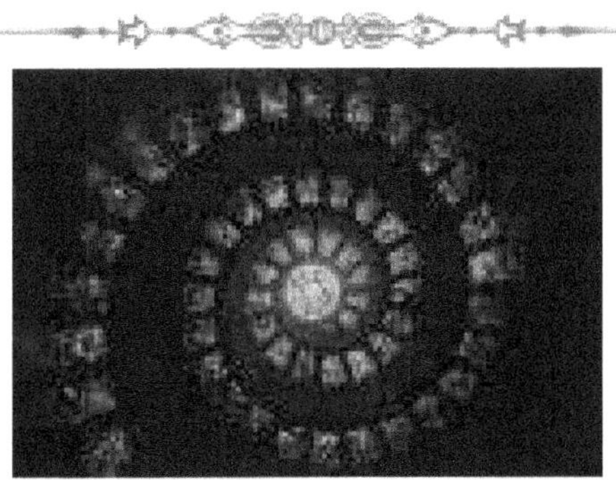

ज्ञान के विषय में **भगवान शिव** को संसार का प्रथम आदिगुरू माना गया है जिन्होने अपने ज्ञान सभा के माध्यम से सर्वप्रथम **सप्तऋषियों** को ज्ञान दिया तत्पश्चात इन सप्तऋषियों ने संसार में ज्ञान का प्रचार–प्रसार कर उसका विस्तार किया। पूर्व के समय में हमारे पूर्वजों ऋषि–मुनियों ने ज्ञान के प्रचार प्रसार के लिए तमाम वेद–पुराण एवं ग्रंथों को लिखा एवं पत्थर, पत्तों एवं कागज की पुस्तकों के माध्यम से उस ज्ञान को प्रचारित किया, परन्तु उन्होने सदैव ज्ञान के विषय को अत्यधिक पवित्रता प्रदान की तभी तो उसके प्रचार एवं प्रसार के माध्यम के लिए भागवत कथा मंच, आध्यात्मिक चिंतन मंच, घर के उत्सवों के अतिरिक्त किसी पर्व–त्योहारों पर नियमतः व्यास गद्दी का निर्माण कर समाज के योग्य व्यक्तियों अर्थात् जो उस ज्ञान रूपी ग्रंथ में लिखी बातों को तथ्य एवं आंकड़ो के साथ स्पष्टतया प्रस्तुत कर सके, के माध्यम से ही ज्ञान के प्रचार प्रसार को उचित माध्यम माना, यहाँ तक कि पुस्तकों में लिखे गये ज्ञान के प्रचार से पहले उसकी विधिवत् पूजा अर्चना किये जाने साथ ही व्यास गद्दी पर आसीन कथावाचक को भी भगवान की ही संज्ञा दिये जाने का प्राविधान है।

ज्ञान प्रसार हेतु बनाये गये नियमों के पीछे संभवतः कारण यह रहा होगा कि संसार में जो भी ज्ञान का प्रचार–प्रसार हो वह सत्य एवं तथ्यों पर आधारित हो। इसके अतिरिक्त संभवतः दो अन्य कारण भी रहे होगें जिनमें प्रथम जिस

वस्तु की संसार में अधिकता रहती है उसका महत्व एवं मूल्य काफी कम रहता है और जिसकी न्यूनता रहती है उसका महत्व समाज में काफी बढ़ जाता है तथा द्वितीय कारण यह रहा होगा कि यदि संसार में सत्य एवं तथ्यपूर्ण ज्ञान जीवन की प्रगति का माध्यम है तो यह भी संभव है कि अधूरा प्रसारित किया गया ज्ञान समाज को भ्रमित एवं प्रदूषित भी कर सकता है।

आज के इस तकनीकी युग में समाज में ज्ञान का प्रचार–प्रसार कुछ अलग सा ही चल निकला है, जिसके पास जो ज्ञान है वह उसका प्रयोग स्वयं के जीवन में कम तथा आधुनिक तकनीकी संसाधनों जैसे मोबाइल, लैपटाप, आई–पैड के सामाजिक एप् व्हाटसएप, इंस्टाग्राम, टेलीग्राम, फेसबुक यू–ट्यूब और ई–मेल आदि के माध्यम से दूसरों का ज्ञानावर्धन करने में अधिक समय दे रहा है, यहाँ तक कि आपसी बोलचाल की भाषा में भी संक्षिप्त एवं अपूर्ण शब्दों का प्रयोग करने की परम्परा व्याप्त हो चुकी है। प्रसारित किये जाने वाले ज्ञान की मात्रा इतनी अधिक होती है कि प्राप्तकर्ता के लिए काफी अरूचिकर होता जा रहा है। इस तकनीकी ज्ञान की गंगा में समाज के कुछ लोग अपने मत एवं हितों के अनुसार तथ्यों को तोड़–मरोड़कर प्रस्तुत करते हुए दिखते है तथा कुछ उसको हंसी–मजाक का विषय बनाकर समाज में प्रस्तुत करने का कार्य कर रहे है।

वास्तव में ज्ञान के विषय में कई अलग–अलग विचारकों ने अपने मत दिये हैं जिसमें से समझने के लिए कुछ विचारकों के मत को उल्लेखित किया जा रहा है।

- **शंकर के अनुसार** "ब्रह्म को सत्य जानना ज्ञान है और वस्तु जगत को सत्य जानना अज्ञान है।"
- **प्लेटो के अनुसार** "विचारों की दैवीय व्यवस्था और आत्मा–परमात्मा के स्वरूप को जानना ही सच्चा ज्ञान है।"
- **प्रो. रसल के अनुसार** "ज्ञान वह है जो मनुष्य के मन को प्रकाशित करता है।"

- **प्रो. जोड के अनुसार** "ज्ञान हमारी उपस्थिति, जानकारी और अनुभवों के भण्डार वृद्धि का नाम है।"
- **वेबस्टर के अनुसार** "ज्ञान वह है जो ज्ञात है और जो ज्ञात होने के बाद संचित रहता है या ज्ञान वह जानकारी है जो वास्तविक अनुभव द्वारा प्राप्त होती है।"

ज्ञान का संम्पूर्ण भावार्थ यह निकलता है कि **"हम भौतिक इन्द्रियों से कुछ भी देख और सुन लें परन्तु उसे विषयक ज्ञान बनाना और भविष्य के लिए सहेजने का काम हमारे मनस अर्थात् अन्तःकरण में होता है जो दैवीय है इसलिए दैवीय व्यवस्था को सर्वप्रथम जानना चाहिए।"**

ज्ञान का व्यावहारिक अर्थ यह है कि मनुष्य अपनी पंच ज्ञानेन्द्रियों के माध्यम से मन में किसी विषय पर एक धारणा बनाता है और बुद्धि उस धारणा को व्यवस्थित करती है तत्पश्चात् वह विषय मनुष्य के मस्तिष्क में अनुभव के रूप में संचित हो जाता है, जो वास्तविक ज्ञान कहा जा सकता है। परन्तु भूलना नहीं चाहिए कि ज्ञान की उत्पत्ति, उसको विषय में सहेजने, संचय करने फिर आवश्यकता पड़ने पर मनुष्य के समक्ष अनुभव के रूप में प्रत्यक्ष होने की क्रिया का कारक एवं संचालक कोई मनुष्य नहीं बल्कि यह क्रिया **माता आदिशक्ति** की पंचमहाभूत रूपी ऊर्जा एवं **ब्रह्म रूपी चेतना** ही करती है।

किसी भी विषय–वस्तु को जानना, उसका बोध करना और साक्षात अनुभव करना अर्थात किसी वस्तु अथवा विषय को उसके वास्तविक स्वरूप में अनुभव करना ही पूर्ण ज्ञान है। ज्ञान ज्ञाता के मन में उत्पन्न होने वाली एक प्रकार की हलचल है। मनुष्य के अन्दर विचार शक्ति का आदान–प्रदान बहुत तेजी से होता रहता है जिसके कारण मन में निरंतर हलचल बनी रहती है। इस हलचल के दौरान जिस विषय पर मन में बहुत अधिक प्रभाव पड़ता है, उसी प्रभाव से वशीभूत होकर मनुष्य अपनी जिज्ञासा को इन्द्रियों के माध्यम से शान्त

करने के क्रम में ज्ञान हासिल करता है जो बाद में उसके चित्त में अनुभव के रूप में संचित हो जाता है।

प्रमुखतया मनुष्य की इन्द्रियों को ही ज्ञान का प्राथमिक स्रोत कहा जाता है परन्तु किसी विषय–वस्तु का ज्ञान के स्वरूप में विकसित होकर संचय होने में निम्न माध्यम एवं स्रोत सहायक होते हैं :–

1 : प्रकृति 2 : पुस्तकें 3 : इन्द्रिय अनुभव 4 : साक्ष्य
5 : तर्क बुद्धि 6 : अन्तः प्रज्ञा 7 : अन्तःदृष्टि द्वारा ज्ञानार्जन
8 : अनुकरणीय ज्ञान 9 : जिज्ञासा 10 : अभ्यास 11 : संवाद

- **प्रकृति** से प्राप्त ज्ञान अर्थात् गर्भावस्था में शिशु **प्रकृति से ही ज्ञान** हासिल करता है, **उदाहरणार्थ –** अभिमन्यू ने चक्रव्यूह तोड़ने का ज्ञान गर्भावस्था में ही प्रकृति व्यवस्था के तहत प्राप्त किया था। इसके अतिरिक्त प्रकृति विकास के लिए सभी वातावरण मनुष्य के सामने प्रत्यक्ष करती है तभी तो हमारा मन और इन्द्रियाँ इससे प्रभावित होकर कुछ प्राप्त करने के लिए आगे आती हैं अतएव प्रकृति ज्ञानार्जन का प्रथम एवं महत्वपूर्ण स्रोत है।

- **पुस्तकें** ज्ञानार्जन का स्रोत है, जो वर्तमान में तकनीकी हो चुका है।

- **इन्द्रियाँ** मनुष्य को उसकी जीवंतता का आभास कराकर ज्ञानार्जन का साधन बनती हैं।

- **साक्ष्य** जो कि दूसरों के अनुभवों पर आधारित होता है, मनुष्य के अंदर ज्ञान रूपी अनुभव को दृढ़ता प्रदत्त करते है।

- **तर्क बुद्धि** एक मानसिक प्रक्रिया है, प्रतिदिन जीवन में होने वाले अनुभवों से हमें ज्ञान प्राप्त होता है तथा यही ज्ञान तर्क बुद्धि में परिवर्तित हो जाता है और जब हम अपने तर्क को प्रमाण के साथ स्पष्ट कर स्वीकार कर लेते है अर्थात तर्क द्वारा विषय को संगठित कर लेते हैं तो हमारे मन–मस्तिष्क में ज्ञान का निर्माण होता है।

- **अन्तः प्रज्ञा** का तात्पर्य यह है कि किसी तथ्य की प्राप्ति, इसके लिए किसी तर्क की आवश्यकता नहीं होती है और बहुत आसानी से हमें उस ज्ञान पर विश्वास हो जाता है।

- **अन्तः दृष्टि** सिद्ध एवं प्रतिभावान लोगों को अकस्मात प्राप्त होता है जैसे भगवान बुद्ध को बोधि वृक्ष के नीचे ध्यान करने से ज्ञान की प्राप्ति हुई। इस प्रक्रिया के तहत जीव–जन्तुओं को भी अकस्मात अपने हल मिल जाया करते हैं।

- **अनुकरणीय ज्ञान** के स्रोत समाज के प्रतिभावान तीव्र बुद्धि वाले लोग होते हैं।

- **जिज्ञासा** अर्थात् किसी भी विषय या प्रकरण को समझने की उत्सुकता ही जिज्ञासा है।

- **अभ्यास** के माध्यम से ही ज्ञान का प्रादुर्भाव होता है। प्रत्येक मनुष्य अनुभव के माध्यम से सीखता है परन्तु किसी विषय पर एक बार अनुभव हो जाने से ही व्यक्ति में ज्ञान की सम्पूर्णता नहीं हो जाती है बल्कि यह अनवरत प्रक्रिया है जो कि जीवनपर्यन्त चलती रहती है इसलिये ज्ञानवर्धन के लिए उन विषयों के सम्बन्ध में सदैव नवीन एवं तथ्यात्मक जानकारियों को हासिल करने का प्रयास करते रहना चाहिए।

- **संवाद** ज्ञान को प्रचारित, प्रसारित एवं बढ़ाने का सफल माध्यम है। ज्ञान की वृद्धि के लिए सदैव संवाद को आत्मसात करना चाहिए।

ज्ञान सहेजने की चीज होती है विखराव की नहीं इसी लिए ज्ञान को मनुष्य की तीसरी आँख कहा जाता है जिसके कारण ही मनुष्य अपने जीवन की भौतिक एवं आध्यात्मिक प्रगति के आयामों को प्राप्त करता है। ज्ञान से ही मानसिक, बौद्धिक, स्मृति, निरीक्षण, कल्पना एवं तर्कशक्ति आदि का विकास होता है। ज्ञान ही समाज में अंधविश्वास एवं रूढ़िवादिता को दूर कर समाजिक प्रगति का रास्ता तय कराता है। ज्ञान ही अपने आप को जानने का माध्यम है, ज्ञान ही शक्ति है, ज्ञान ही कल्याणकारी तत्व है, ज्ञान ही मनुष्य को

अंधकार से प्रकाश की ओर ले जाता है। परन्तु विडम्बना यह है कि जिस ज्ञान को हमारे ऋषियों–मुनियों ने अपनी घोर तपस्या और गम्भीर चिंतन से सृजित कर समाज कल्याण की भावना के तहत संचित किया, आज अन्जाने में ही सही समाज के लोग उस ज्ञान को महत्वपूर्ण तो समझ रहे है परन्तु उसे सहेजने, आत्मसात करने और उसका सम्मान करने के स्थान पर कुछ लोग निहित स्वार्थवश तथ्यों को तोड़–मरोड़कर तकनीकी माध्यमों से झूठ को प्रचारित–प्रसारित कर पवित्र ज्ञान का दुरूपयोग कर अपनी दुकान चलाते प्रत्यक्ष हो रहे है। ऐसा ज्ञान जो समाज को भौतिक एवं आध्यात्मिक प्रगति देने के स्थान पर भ्रामक मार्ग प्रदर्शित कराता है वह परिहार करने योग्य है।

ज्ञान की रक्षा कर उसको सम्मान देने के लिए समाज के ही हर वर्ग को आगे आकर टीवी पर झूठ एवं भ्रमक प्रचार के माध्यम से अपने प्रोडेक्ट्स को बेचने तथा संस्कृति को नष्ट करने वाले प्रचारकों, का विरोध करना चाहिए, साथ ही व्हाट्सएप, इन्स्टाग्राम, फेसबुक और यू–ट्यूब आदि के माध्यमों से ज्ञान का दुष्प्रचार एवं तथ्यहीन संवाद करने वालों का तिरस्कार करना चाहिए। इसके लिए सफल विरोध आवश्यक है अन्यथा समाज में इसका विस्तार होता जायेगा और सत्य एवं धर्म–संस्कृति के लिए कोई स्थान नहीं रह जायेगा जिससे आगामी पीढ़ियों के जीवन की प्रगति का प्रभावित होना निश्चित है।

जय माता आदिशक्ति –जय भोलेनाथ

वर्तमान समाज का भ्रमित जीवन

परमात्मा शब्द दो शब्दों 'परम' और 'आत्मा' से बना है। परम का अर्थ 'सर्वोच्च' तथा आत्मा से अभिप्राय है 'चेतना' जिसे प्राणशक्ति भी कहा जाता है। मनुष्य योनि में जन्म लेने का एक मात्र उद्‌देश्य होता है परमात्मा को जानना अर्थात् मोक्ष की प्राप्ति। मनुष्य का जीवन परमात्मा को जानने के लिए एक अहम वरदान है परन्तु वर्तमान पीढ़ी का समाज अपने जन्म की सार्थकता से बहुत दूर आ चुका है, उसने अपनी आवश्यकताओं को गौण कर इच्छाओं को इतना प्रबल कर दिया है जिससे यह समाज 'अर्थ प्रधान' हो चुका है जिसके कारण समाज में ईर्ष्या, द्वेष, कलह, उन्माद, निराशा एवं मानसिक द्वंद बढ़ रहे हैं, कभी-कभी तो इस संघर्ष से उत्पन्न मानसिक तनाव जीवन में कटुता, विषाक्तता एवं रिक्तता भरी रहती है जिसके कारण आत्मविश्वास के सारे मार्ग अवरूद्ध हो रहे हैं। जबकि पूर्व युगों का समाज अपने कर्मयोग में अध्यात्म को प्रधानता देता रहा है, गीता के आठवें अध्याय में अपने स्वरूप अर्थात् जीवात्मा को अध्यात्म कहा गया है। वेद-पुराणों में सदैव अध्यात्म प्रधान जीवन जीने की प्रेरणा दी गयी है और इसी अध्यात्म प्रधान जीवन जीने से पूर्व के युगों

के मनुष्य निरोगता के साथ हजारों वर्ष का जीवन जीते थे तथा यंत्रों, वाद्यों एवं मंत्रों से युक्त विद्या से ही जीवन की समस्त आवश्यकताओं की प्रतिपूर्ति, अपनी दिव्य शक्तियों से युद्ध का कौशल तथा साधनाओं से भवन निर्माण जैसी कलाओं, पुष्पक विमान जैसी उपलब्धियाँ हासिल करने का उल्लेख भी पुराणों में है, यहाँ तक कि कुछ अद्‌भुत योगी अपने योग एवं तपस्या के मंत्र प्रसाद से मनुष्य के जीवन की रक्षा करने का कौशल भी रखते थे। कलयुग में हमारी 21वीं सदी के समाज ने अपनी बुद्धि एवं विवेक से सृजनात्मक अर्थप्रधान एवं तकनीकी युग का निर्माण कर बहुत सारी उल्लेखनीय उपलब्धियाँ हासिल की हैं, यहाँ तक कि कई विषयों में उसने दुनिया को मुट्‌ठी में कर लिया है, परन्तु यदि बात उनके सुखमय जीवन के बारे में की जाय तो अधिकतर समाज मानसिक अशान्ति में अपना जीवन जी रहा है। इन विशिष्ट उपलब्धियों से कुछ विषयों में तात्कालिक सुख तो अवश्य प्रत्यक्ष होता है परन्तु इससे उनके जीवन में आत्मिक शान्ति का अभाव होता चला जा रहा है। इसका प्रमुख कारण है कि वर्तमान युग का अधिकांश समाज यह जानने का प्रयास ही नहीं करता जिस शक्ति एवं बुद्धि से वे उल्लेखनीय उपलब्धियाँ हासिल कर रहे हैं, उस शक्ति एवं बुद्धि की संरचना किसने की है, यह संरचना इस पीढ़ी के समाज की देन या या फिर परमपिता परमात्मा की? यह भी मनन् अवश्य करना चाहिए कि मनुष्य के शरीर का संचालन कैसे हो रहा है? यदि शरीर संचालनकर्ता अर्थात् शरीर में जीवन के रूप में विद्यमान शिवरूपी अंश ने अपने व्यक्तिगत सुख हेतु कुछ क्षणों के लिये आपके शरीर का परित्याग कर दिया अथवा

कुछ मिनट के विश्राम के लिये ही निद्रावस्था में चला जाय तो क्या व्यक्ति द्वारा संरचित वर्तमान उपलब्धियाँ उसके जीवन के कुछ क्षणों का भी संचालन कर सकती है? अर्थात् हर क्षण यह स्मरण रखना आवश्यक है कि परमपिता परमात्मा अपने सुख की चिन्ता किये बिना निर्बाध रूप से मनुष्य का जीवन संचालित करता है, ऐसे में मनुष्य को अपनी जीवन यात्रा के हर क्षण में प्रकृति से संरचित उसके खुद के शरीर रूपी देवालय में विद्यमान सर्वशक्तिमान शिवरूपी आत्मा पर ध्यान केन्द्रित करना चाहिए एवं उस विद्यमान शक्ति से ही यदि आँख बन्द करके प्रार्थना करें तो उसकी समस्या का समाधान स्वतः मिल जायेगा। वर्तमान समाज/ पीढ़ी में भी कुछ व्यक्तित्व ऐसे भी वास करते हैं जो अपनी आत्मा को ही परमात्मा मानकर अपने जीवन में अध्यात्म को आत्मसात करके अपने कर्म करते हैं, वे पूर्व के युगों की भाँति इस युग में भी कई शक्तियाँ हासिल कर समाज को लाभान्वित करते रहते हैं और इस युग में भी 100 वर्ष से भी अधिक लम्बा निरोगी जीवन जीने का उदाहरण है, ऐसे लोग अपने जीवन में प्रेम को सर्वोच्च स्थान देते हैं, प्रेम से ही श्रद्धा एवं समर्पण का जन्म होता है। इस प्रकार के लोग अपने जीवन में अपनी पुरानी रीतियों, परम्पराओं एवं संस्कृतियों का सम्पूर्ण अनुसरण करते हैं जैसे अपने माता-पिता तथा अपने से बड़े गुरू, शिक्षकों आदि का पूर्ण सम्मान कर उनसे यथासम्भव ज्ञान एवं आर्शीवाद ग्रहण करते हैं एवं समाज के अन्य प्राणियों को यथासम्भव-यथाशक्ति सहयोग करते हैं तथा धर्मपूर्वक अपने जीवन को जीते हैं भले ही वर्तमान पीढ़ी अथवा उसके परिवार का युवा ही उनके रहन-सहन, पहनावा

एवं कार्य संस्कृति को पिछड़ा मानकर उनके साथ व्यवहार करें परन्तु वह शिवत्व की तरह किसी मान-सम्मान एवं अपमान से परे रहते हैं अपितु बैर-द्वेष जीवन भर उनके निकट नहीं आता है, समाज में दूसरो के लिए उनका जीवन उस नमक के समान होता है जो भोजन में प्रत्यक्ष दिखायी तो नहीं देता है परन्तु भोजन ग्रहण करने वाले को उसकी कमी अवश्य परिलक्षित होती है। यही शान्ति एवं सुखपूर्वक जीवन जीने की निशानी है।

यदि हम सभी को मनुष्य योनि में जन्म मिला है तो परमपिता को धन्यवाद ज्ञापित करते हुए बस बहुत छोटा सा प्रयास करके अपने कर्मयोग के अध्यात्म को समाहित करें तो आपके अन्दर प्रेम, करूणा का स्वतः वास हो जायेगा। उनको उनके संस्कार एवं जिम्मेदारियों का बोझ स्वतः होगा। अपने-अपने माता-पिता, गुरू-शिक्षक एवं समाज के शिवरूपी मनुष्यों के साथ उन्हें किस तरह का व्यवहार करना चाहिए, यह भी उनके आचरण का अंग बन जायेगा। इन बातों के आ जाने से आपकी आत्मा सुख से संतृप्त हो जाायेगी, आत्मा की संतृप्ति से सकारात्मक तेज ऊर्जा प्रवाह से पूरा सामाजिक वातावरण ही सकारात्मक ऊर्जा से परिपूर्ण हो जायेगा। यह हम सभी जानते हैं कि जहाँ सकारात्मक ऊर्जा का वास होता है वहीं बैठने, उठने और निवास करने में सुख एवं शान्ति की प्राप्ति होती है। एक छोटा सा प्रयास करके देखें, निश्चित ही आपका जीवन सार्थक होगा।

जय माता आदिशक्ति – जय परमृपिता परमेश्वर

सफल एवं निरोगी जीवन के लिए आध्यात्मिक शिक्षा जरूरी

''आनि अधि इति अध्याताः''

अर्थात् आत्म का ज्ञान ही **'अध्यात्म'** है। **'अध्यात्म'** दो शब्दों से मिलकर बना है **अध्य + आत्म अध्य** का अर्थ होता है **चहुँ ओर** तथा **आत्म** का अर्थ होता है **स्वयं**। अतएव स्वयं को जानने की राह में स्वयं के अध्ययन को ही अध्यात्म कहते है।

'अध्यात्म' की आवश्यकता क्यों ?

'अध्यात्म' शब्द के अर्थ से स्पष्ट है मनुष्य को अपने स्वयं का अध्ययन करना अर्थात यह जानना है कि जिस शरीर के साथ मनुष्य को अपनी जीवन यात्रा पूर्ण करनी है उस शरीर का जन्म क्यों हुआ, शरीर किन -किन तत्वों से बना है, भौतिक युग में शरीर की शक्तियों एवं उसके संचालन का ज्ञान तथा जीवन यात्रा मे उसके जीवन का कर्तव्य क्या है? यदि मनुष्य को बाल्यावस्था की प्रारम्भिक शिक्षा के दौरान ही इन बातों की मूलभूत शिक्षा मिल जाय तो मनुष्य की जीवन यात्रा न कि सरल हो जायेगी बल्कि वर्तमान में व्याप्त तमाम् बुराइयों में व्यापक कमी भी परिलक्षित होती।

'अध्यात्म' में बारे में सामाजिक भ्रम

समाज का एक वर्ग **अध्यात्म** को हिन्दू धर्म की संस्कृति, देवालयों की पूजा पद्वति, धर्म तथा साधू सन्यासी की विचारधारा एवं प्रवचन समझते है तथा अध्यात्म को समझने में उनकी रूचि प्रत्यक्ष नहीं होती अपितु उसके स्थान पर यदि हनुमान चालीसा, रामायण पाठ, शिवलिंग पूजन, व्रत, मन्दिर एवं देवालयों में जाकर भगवान का आर्शीवाद की बात हो तो कुछ हद तक इस मामले में समाज की सक्रियता अवश्य प्रत्यक्ष होती है।

समाज में 'अध्यात्म' के प्रति अरूचि का कारण

प्राचीन शिक्षा गुरूकुल में हुआ करती थी जहॉ अध्यात्म की शिक्षा को प्राथमिकता दी जाती थी जिसमें मनुष्य के जन्म, जन्म के उद्‌देश्यों के साथ शरीर का निर्माण, उसकी शक्तियां तथा उसके संचालन की सम्पूर्ण शिक्षा दी जाती थी इसके साथ ही ईश्वर, माता-पिता, शिक्षक -गुरूजन, भाई -बन्धु एवं समाज के प्रति कर्तव्यों तथा सफल जीवन यात्रा हेतु सूक्ष्म इन्द्रियां जैसे चेतना, मन, बुद्वि एवं अहंकार तथा प्रत्यक्ष इन्द्रियां जैसे ज्ञानेन्द्रिय एवं कर्मेन्द्रिय के माध्यम से मनुष्य को कर्तव्यों का निर्वहन एवं उनके संतुलन के विषय में शिक्षित किया जाता था।

वर्तमान समाज में अध्यात्म के प्रति अरूचि का कारण यह है कि वर्तमान शिक्षा प्रणाली में अर्थजगत, विज्ञान एवं आधुनिकता जैसे विषयों को सर्वोच्च स्थान दिया गया है, जिसके कारण मनुष्य अपने जीवनयात्रा में अर्थजगत, विज्ञान एवं आधुनिकता का चयन करता है अपितु वर्तमान में कोई पुरानी संस्कृति की बातें भी करता है तो वर्तमान पीढ़ी उसको पिछड़ा, अनपढ़ एवं अज्ञानी समझकर उससे दूरी बनाने में अपना सम्मान समझता है। जीवन की मूलभूत बातों का ठीक से बोध न हो पाने के कारण अन्ततः

जब वह किसी विषय में अपने को कमजोर एवं अस्वस्थ पाता है तब उसको प्रकृति, योग एवं ईश्वर की याद आती है। इन परिस्थितियों में भी मनुष्य प्रकृति, योग एवं ईश्वर के पीछे भागता तो है परन्तु उसके पीछे का महात्म की ओर अपना ध्यान आकृष्ट ही नहीं कराना चाहता।

सोचनीय है कि - इतिहास में प्रत्यक्ष है कि प्राचीन शिक्षा पद्वति की शक्ति से मनुष्य हजारों वर्ष की जीवन यात्रा पूर्ण करते थे, वहीं वर्तमान शिक्षा व्यवस्था से मनुष्य अपनी 100 वर्ष की जीवन यात्रा पूर्ण करने के बारे में सपने देखता है। तत्समय की शिक्षा से मनुष्य प्राकृतिक तत्वों का अपने तप, मंत्रों एवं मन की शक्तियों से अनेकोनेक आविष्कार किये। वर्तमान 21वी सदी के एडवांस युग में भी उन शक्तियों में से अधिकांश की कल्पना भर ही वर्तमान का मनुष्य कर पाता है।

वर्तमान व्यवस्था में सरकार से लेकर समाज तक अपनी नीतियों में प्राकृतिक जीवन जीने एवं उसके संतुलन पर जोर देते हुए स्वस्थ्य जीवन के लिए प्रकृति के साथ रहकर योग एवं साधना को जीवन में अपनाने का संदेश दिया जाता है। परन्तु इसको अपनाने के पीछे क्या कारण है ? यदि उन कारणों की सम्पूर्ण एवं विधिवत शिक्षा की अनिवार्यता हमारी प्राथमिक शिक्षा प्रणाली में समाहित होता तो वर्तमान समाज एवं सरकार को प्राकृतिक संतुलन बनाने हेतु मानव को कड़े नियमों एवं निर्देशों से प्रत्यक्ष कराने की आवश्यकता ही नहीं पड़ती तथा कुरीतियों को रोकने तथा स्वास्थ्य सेवाओं पर इतना अधिक बजट खर्च न होता और यदि बातों को प्राथमिक शिक्षा प्रणाली में समाहित होता तो वर्तमान भारत का समाज शारीरिक एवं मानसिक रूप से स्वतः स्वस्थ होता।

अध्यात्म का संक्षिप्त परिचय

यदि किसी इंजीनियर को किसी मशीन के संचालन का दायित्व दिया गया है तो पूर्ण उत्पादकता के साथ मशीन के संचालन हेतु उस इंजीनियर को उस मशीन के निर्माण अर्थात उसके समस्त पुर्जो तथा उस मशीन के संचालन से सम्बन्धित समस्त बिन्दुओं की जानकारी के साथ ही उसके संचालन का अभ्यास होना आवश्यक होता है। यदि मशीन के पुर्जो, उसके संचालन का ज्ञान अपूर्ण है अथवा अभ्यास की कमीं है तो वांछित उत्पादकता प्रभावित होना तय होता है।

मशीन के कार्य एवं उद्देश्यों की जानकारी, मशीन के निमार्ण की जानकारी, मशीन के संचालन की प्रक्रिया, उसके खराब होने पर ठीक करने की जानकारी तथा उसके संचालन के अभ्यास जैसी सम्पूर्ण प्रक्रिया को "**अध्यात्म**" कह सकते है।

मानव शरीर का अध्यात्म

परम्पिता परमेश्वर की इच्छा से प्रकृति अपने पंचमहाभूतो अर्थात पंचतत्वों पृथ्वी, जल, अग्नि, वायु एवं आकाश के संतुलन से शरीर रूपी ब्रह्माण्ड की उत्पत्ति होती है। परम् पिता परमेश्वर रूपी आत्मिक उर्जा (**चेतना**) और भौतिक शक्तिरूपी उर्जा (प्रकृति अर्थात आदिशक्ति) मिलकर संयुक्त उर्जा शक्ति से यंत्र रूपी शरीर का संचालन करते है। शरीर का दूसरा महत्वपूर्ण घटक होता है '**मन**' जो शरीर के अन्दर आत्मिक एवं भौतिक शक्ति के मध्य संतुलन बनाये रखता है, **मन** आत्मिक उर्जा को ग्रहण कर शरीर के सभी अंगों को घटक है '**स्थूल शरीर**' जो कि इन्द्रियों के माध्यम से योजना को मूर्तरूप देता है किन्तु स्थूल शरीर मशीन की तरह मन की इच्छा एवं आदेशो पर चलता है तथा मन के अभाव में यह निष्क्रिय हो जाता है।

कर्मों का साधन इन्द्रियां है, मनुष्य में तो 10 इन्द्रियों का विकास हुआ, जो कि अन्य जीवों एवं वनस्पति में नहीं हुआ इसी कारण मनुष्य को इनमें सबसे श्रेष्ठ माना जाता है। इसी प्रकार शरीर के क्रियाशील रहने हेतु चार प्रकार के कोष हैं

अन्नमय कोष : जो शरीर प्रत्यक्ष दिखता है वह अन्नमय कोष है जो अन्न से पोषित होता है तथा भोजन, पानी एवं वायु इसका आहार है जिसको खा पीकर मनुष्य जीवित रहता है।

प्राणमय कोष : आत्मिक उर्जा प्राणशक्ति के सहयोग से शरीर को जीवात बनाये रखती है, शरीर को गति एवं स्पंदन इसी कोष से प्राप्त होता है।

मनोमय कोष : यह कोष शरीर मे नूतन विचार एवं उसी के अनुरूप योजनाएं बनाने जैसी गतिविधियां संचालित करता है तथा अनुभवों एवं स्मृतियों को संग्रहित कर मनुष्य को सुख एवं दुख का बोध कराता है।

विज्ञानमय कोष : यह बुद्धि कोष है जो मैं का अनुभव कराकर अंहकार का कारण बनकर अपना स्वतंत्र अस्तित्व मानने लगता है यही कर्मो का भोक्ता एवं कर्ता बन जाता है।

मनोनय कोष : शरीर में उत्पन्न होने वाले सभी संकल्पों एवं विकल्पों का निर्णयकर्ता मनोनय कोष ही है और इसका ही निर्णय मन भी स्वीकारने को बाध्य होता है।

आनन्दमय कोष : प्रेम, प्रिय, मोद और अमोद आनन्दमय कोष के तीन गुण है आनन्द की अनुभूति इसी कोष में होती है इसका अनुभव सुषुप्त अवस्था में होता है।

इन बातों से यह तो संज्ञान में आ चुका होगा कि मनुष्य का शरीर जिन तत्वों से बना एवं संचालित होता है वही तत्व पूज्य है तथा

शरीर जिन तत्वों से संचालित होता है उनके से किसी एक के भी असंतुलित होने से शरीर अस्वस्थ होता है एवं मन दूषित होता है जब मन दूषित होगा तो उसके परिणाम भी नकारात्मक एवं दूषित ही प्राप्त होगे। इसीलिए हमारी प्राचीन पद्वति में यह व्यवस्था दी गयी है कि शरीर को सदैव प्रकृति से जोड़े रखे जिससे शरीर में पंचमहाभूतों के संतुलन बना रहे जैसे खुली हवा से वायु का प्रवाह लेना, सूर्य स्नान करके अग्नि तत्व को संतुलित करने, स्वच्छ एवं प्राकृतिक जल ग्रहण करने, पृथ्वी तत्व हेतु प्राकृतिक एवं शुद्व शाकाहारी भोजन करना तथा हवन, पूजन एवं खुले आकाश में बैठकर योग एव व्यायाम करने से आकाश तत्व को संतुलन करने की विधा बतायी गयी है। इसी प्रकार मनुष्य को अपने जीवन के कर्मो में सूक्ष्म एवं वाह्य शरीर के मध्य संतुलन बनाकर अपने मन एवं कर्मो पर नियत्रण करके अर्थात झूठ, छल, कपट, व्यभिचार एवं झूठे अंहकार तथा क्षणिक सुख प्राप्ति के लिए किये जाने वाले अत्याचार से दूर रहकर केवल अपने जीवन निर्वाह हेतु आवश्यकताओं की पूर्ति तथा मानव कल्याण हेतु अपने कर्म को अंजाम देना चाहिए तथा योग, ध्यान, मेडिटेशन से शरीर के अन्तर्मन जो चेतना का स्वरूप है उसके प्रति अपने को जोड़े रखते हुए उसी चेतना में विलीन होने हेतु कर्मरत रहना ही मानव जीवन का दायित्व है।

जय माता आदिशक्ति – जय परमपिता परमेश्वर

एस.वी. सिंह 'प्रहरी'

लेखक के बारे में......

एक शिक्षित कृषक परिवार में जन्में एस. वी. सिंह "प्रहरी" द्वारा कृषि, लेखा एवं कामर्स की शिक्षा ग्रहण कर भारतवर्ष के एक सम्मानित एवं प्रसिद्ध कॉरपोरेट में लगभग तीन दशक से भी अधिक अवधि की कार्यालयी सेवा के दौरान कनिष्ठ पद से लेकर प्रेसीडेन्ट वर्कर तक के वरिष्ठ पद तक कार्य करने एवं प्रशासनिक दायित्वों का निर्वहन करने का सफर पूर्ण किया गया है। लेखक के पूज्य माता एवं पिताजी प्रेरणास्रोत रहे हैं जिनका एक मात्र उद्देश्य अपने गृहस्थ जीवन को पूर्ण संत स्वभाव में जीते हुए जन सेवा का रहा है।

लगभग एक दशक पूर्व लेखक के पूज्य पिताजी ने अध्यात्म को समझकर प्रकृति के स्वभाव के आधार पर जीवन जीने के लिये प्रेरणा दी। साथ ही अपने कर्मक्षेत्र में सर्वोच्च अभिभावक पूज्य सहाराश्री महोदय के द्वारा समय-समय पर दिये गये ज्ञान संदेश तथा नेतृत्व नायक माननीय श्री ओ. पी. श्रीवास्तव जी से प्राप्त शिक्षा को आधार बनाकर एवं स्वयं जिज्ञासु बनकर लेखक द्वारा अध्यात्म एवं प्रकृति विषयों पर खोज एवं शोध प्रारम्भ किया गया तथा अपने मनुष्य जन्म के उद्देश्यों के तहत जनकल्याण/जन सेवा के संकल्प को अपने नित्य के कार्यो में समाहित किया गया।

जन जागरण के तौर पर "अध्यात्म प्रहरी" की भूमिका में रहकर आम-जन को अध्यात्म की व्यावहारिक जानकारी देने का संकल्प लेकर अपनी जिम्मेदारियों का निर्वहन करने का उद्देश्य बनाते हुए लेखक का यही प्रयास है कि इस विधा से समाज का हर वर्ग लाभान्वित हो।

अस्वीकरण

इस पुस्तक में मौजूद तथ्यों एवं जानकारियों आदि को विभिन्न माध्यमों जैसें - सम्बन्धित पुस्तकों, आत्म विश्लेषण एवं व्यक्तिगत अनुभवों को आत्मसात् करते हुये मूल रूप दिया गया है। ऐसे में अगर कापीराइट उल्लंघन का मामला सामने आता है तो इसके लिये लेखक/प्रकाशक सम्पादक जिम्मेदार नहीं होंगें। इस तरह के मामलों में कृपया हमसे सम्पर्क करें व उचित साक्ष्य मिलने पर हम अगले संस्करण के प्रकाशन में सम्बन्धित सामग्री को हटा देगें। हमारा ई-मेल - adhyatm.prahari@gmail.com